로크미디어가
유혹하는
재미있는 세상

ROK
MEDIA
로크미디어

이것이 삶이다

이것이 법이다 91

2020년 7월 8일 초판 1쇄 인쇄
2020년 7월 13일 초판 1쇄 발행

지은이 자카예프
발행인 이종주

총괄 김정수
경영 지원 배진경 임혜솔 송지유

기획 이기헌 왕소현 박경무 강민구
책임 편집 최전경

발행처 (주)로크미디어
출판등록 2003년 3월 24일
주소 서울시 마포구 성암로 330 DMC첨단산업센터 3층 318호, 319호
Tel (02)3273-5135 **편집** 070-7863-8592 **Fax** (02)3273-5134
홈페이지 rokmedia.com **E-mail** rokmedia@empas.com

값 8,000원

ISBN 979-11-354-5675-6 (91권)
ISBN 979-11-255-9575-5 04810 (세트)

이것이 법이다

91

자카예프 장편소설

ROK
MEDIA
로크미디어

CONTENTS

개똥도 약으로 쓸데가 있네   7

이 가게는 내 가게여   51

올바른 경쟁   87

엔자이? 반자이 아닙니다   135

이거야말로 이이제이   177

범인은 이 안에 있다   209

법에서 인정이 안 된다고? 그래서?   241

사랑에 국경은 없어도 인격은 있다   279

개똥도 약으로 쓸데가 있네

홍등이라고 불리는 중국계 조폭들은 자신들에게 날아온 내용증명을 보고 당황해서 말이 안 나왔다.

"이게 무슨 소리야?"

"채권을 넘기겠다고 하는데요?"

"뭔 채권? 이 새끼들이 미쳤나? 좋게 말로 했더니 간땡이가 배 바깥으로 기어 나오나?"

사실 홍등은 노형진 때문에 여러모로 곤란한 상황이었다.

노형진이 홍등 사건을 해결하면서 그에 관련된 다른 사건들도 모조리 함께 묶어 버렸기 때문이다.

그리고 당연하게도 법정이자 이상의 돈은 모조리 불법이기에, 홍등은 받은 돈보다 줘야 하는 돈이 더 많아진 상황이 되고 말았다.

물론 돈의 대부분은 중국의 본사로 가 있는 데다가 한국 법 따위는 그들에게 두려움의 대상이 되지도 않기 때문에 그들은 판결이 어떻게 나든 전혀 바뀌지 않았다.

돈을 돌려주기는커녕 전에 준 돈은 선이자라고 주장하면서 끊임없이 돈을 갈취하려고 덤벼들었다.

그런데 갑자기 생각지도 못한 채권을 넘긴다는 말에 그는 눈을 찌푸릴 수밖에 없었다.

"환상채권금융은 또 어디야?"

"모르겠습니다. 저희도 처음 들어 봅니다."

당연하다. 이번에 새로 만들어진 곳이니까.

한만우가 거느린 사람들 중에서 도무지 통제되지 않는, 말 그대로 폭력에 중독된 망종들만 뽑아서 만든 곳이었다.

"도대체 이 새끼들이 뭐지?"

그들은 고개만 갸웃할 뿐, 뾰족한 방법은 없었다.

내용증명에 주소가 적혀 있기는 하지만…….

"여긴 그냥 작은 상가인데요."

아무것도 없는 곳이다.

거창한 채권이니 금융이니 하는 표현이 붙을 만한 곳은 아니었다.

사무실 단지도 아니고 상권이 살아 있는 동네도 아니다.

도리어 상권이 완전히 죽어서 대부분의 가게들이 텅텅 비어 있는 그런 곳이었다.

주변 상권이 얼마나 작살났는지, 주변에 밥 한 끼 먹을 만한 식당조차 없는 구역에 난데없는 채권 회사라니?

"일단은 무시한다."

전화를 해 봤지만 받지도 않았다.

신호가 가는 걸 보니 아예 있지도 않은 회사는 아닌 모양이지만, 이 시간에 사람이 없다면 제대로 굴러가는 곳이라고 보기는 힘들다.

즉, 그 실체를 확인할 수가 없는 것이다.

"무시한다고요?"

"형님, 그래도 되겠습니까?"

"아니면 어쩔 건데?"

홍등의 보스, 아니 사장인 왕장규는 눈을 찌푸렸다.

아무것도 없는 곳이 무섭다고 회수 업무를 중단한다면, 본사에서는 분명 자신의 장기를 뜯어내려고 덤빌 것이다.

"그냥 무시해. 뭐, 어쭙잖은 채권 회사 따위에 우리가 겁먹어서야 되겠어?"

"그건 그렇지요."

한국에는 채권을 거래하는 회사들이 제법 있다.

하지만 그들은 홍등을 못 이긴다. 이길 수가 없다.

그런 곳들은 합법적으로 운영되기에, 그 힘이 불법으로 똘똘 뭉친 홍등에 비할 바가 아니다.

"우리가 막나가겠다면서 그냥 쑤시고 도망가면 어쩔 건데? 어?"

홍등의 가장 강력한 힘은 언제든 대체할 수 있는 인원이다.

영 마음에 안 들면 사원 한 명을 보내서 쑤시고 바로 중국으로 도피시키면 된다.

몇 번이나 그랬고, 경찰은 그걸 알면서도 홍등이라는 곳 자체를 어찌하지는 못했다.

증거가 없었으니까.

"무시해! 우리는 채권을 회수한다!"

왕장규는 꺼림칙한 마음을 털어 내면서 애써 크게 외쳤다.

⚖

"한국에서 채권의 거래는 합법이죠. 물론 법적인 조건이 있어야 하지만요."

가령 받아야 하는 채권의 경우 그 채권을 제삼자에게 넘기기 위해서는 그 채권의 대상자, 즉 채무자에게 채권의 양도를 사전에 이야기해야 한다.

"그래서 제가 채권을 넘겨받았다고 내용증명을 보내도록 한 거구요."

내용증명은 정식으로 증거가 남는 자료다.

당연하게도 그 자료를 바탕으로 환상채권금융에서 권리를

요구할 것이다.

"물론 채무의 양도는 채권자의 허락이 있어야 합니다만."

"뭐, 그건 내 알 바 아니지."

한만우는 머리를 긁적거렸다.

노형진이 말하는 법적인 문제에 대해서는, 그는 잘 모른다. 알 생각도 없다.

그건 그의 영역이 아니며, 굳이 알려고 해 봐야 머리만 아프니까.

"하지만 그 새끼들이 그걸 받았다고 채권 회수를 포기하지는 않을 텐데? 그럴 놈들이면 애초에 법원 판결에 고분고분 고개를 숙였겠지."

하물며 그들에게 내용증명을 보낸 '환상채권금융'은 주소지조차도 아무것도 없는 상가다. 그것도 아주 후진 곳이다.

말도 안 되는 채권 회수를 막으려면 차라리 한만우가 가진 사업체들 중 하나로 주소지를 하는 게 훨씬 낫다.

"그래야 그 새끼들이 겁먹고 꼬리를 말지."

아무리 그들이 막장이라고 하지만 한만우라는 존재는 한국의 조폭계에서 절대적인 위력을 발휘한다.

지금이야 많이 양성화되었다고 하지만 그렇다고 해서 그가 조폭이 아닌 것은 아니니까.

도리어 그가 양성화되고 규모가 커지면서 이제는 한국에서 찾아보기 힘든 전국구 조폭의 모습을 가지기 시작했다.

거기에다가 다른 조폭들은 양성화라고 해도 그저 기업체 하나 내 놓고 제대로 활동도 못 하는 데 반해 한만우는 성공한 사업체를 운영하며 경찰과의 관계도 돈독하게 관리하고 있다.

그러니 아무리 홍등이라고 해도 섣불리 손을 대지는 못할 것이다.

"그래서 제가 주소를 거기로 정하지 않은 겁니다."

"그래서 안 한 거라고?"

"제가 돈 벌려고 이렇게 머리 쓰지, 누구 좋으라고 머리 쓰겠습니까? 그리고 그놈들은 한만우 씨가 나선다고 해서 아예 포기할 놈들이 아니거든요. 그럴 거면 차라리 한 번에 박멸하는 게 낫습니다."

"흐음, 쉬운 일이 아닐 텐데? 정부에서도 이런 불법 사금융을 제대로 통제 못하는데."

"정부이기 때문에 통제 못하는 겁니다. 도리어 이런 경우는 정부보다 제가 더 쉽게 통제할 수 있을 겁니다."

"그놈들이야 그렇다고 치고, 환상 애들이 고분고분하지는 않을 거야. 내 애들이지만 바닥인 놈들이 좀 많아서 말이지. 친하게 지내기는 힘들 거야."

"저도 그다지 친하게 지내고 싶은 생각은 없습니다. 제 성향을 아시겠지만, 필요악을 인정한다고 해서 제가 악한 놈을 좋아하는 건 아니지 않습니까? 그런 인간들과는 딱 서로 이용해 먹는 관계, 그게 제일 좋습니다."

"그건 그렇지."

지금 환상에 속한 이들은 말 그대로 인간 망종들

그들이 아무리 한만우 측과 같이 일한다고 해도 노형진이
그들을 좋아할 일은 없다.

"계약에 따라 그들은 돈을 벌어 줘야 합니다."

"그건 그렇지."

적당한 대가만 지급된다면 노형진은 그들이 하는 일을 묵
인할 생각이었다.

물론 그들이 저지르는 불법적인 일에 대한 책임은 스스로
져야겠지만.

"하지만 여전히 난 이번 작전이 되려나 모르겠어. 절대 포
기하지 않을 것 같단 말이지. 안 그래도 놈들 사무실 앞에 사
람 하나 붙여 놨는데, 또 수금하러 갔다고 하더군. 홍등 그
새끼들은 절대로 포기 안 할 거야. 중국 애들은 한국 법을 무
서워하지 않거든."

"당연히 그렇겠죠."

노형진은 고개를 끄덕거렸다.

"안 그래도 채권자에게서 연락이 왔습니다. 돈 내놓으라
고 전화가 왔다고 하더군요. 그리고 우리는 돈을 줘야지요."

노형진은 히죽 웃으면서 옆에서 커다란 가방을 꺼냈다.

"그건……?"

"돈이죠."

가방을 열어 보니 10만 원권 수표가 잔뜩 들어 있었다.

"이게 도대체 얼마인가?"

"30억입니다."

"그걸로 뭐 하게?"

"돈 줘야지요."

노형진은 히죽 웃으며 말했다.

"설마 자네가 순순히 돈을 다 갚아 주거나 그럴 생각은 아니겠지?"

미심쩍은 얼굴로 노형진을 바라보는 한만우.

"제가 호구도 아니고 그럴 이유는 없지요. 어차피 돌려받을 돈입니다."

"돌려받을 돈?"

"네. 물론 이자로 한 연 1,000%쯤 받아 낼 생각이지만요, 후후후."

"그게 가능해?"

법정이자라는 게 있다.

안 그래도 그것 때문에 벌어진 상황이다.

그런데 그 정도 이자를 받아 내겠다니?

"걱정하지 마세요. 이자 아닌 이자 같은 이자가 될 테니까요."

그리고 아마 홍등 쪽은 미치고 팔짝 뛸 노릇일 것이다.

"이 새끼야, 돈 내놓으라고!"

홍등의 조직원들은 자신들에게서 돈을 빌린 사람을 찾아갔다.

하지만 당사자 입장에서는 어이가 없었다.

"이미 갚았잖아! 아니, 갚은 정도가 아니라 당신들이 나한테 돈을 줘야 하는 거 아니야!"

빌린 건 600만 원인데 이미 준 돈이 3천만 원이 넘는다.

당연히 그 돈을 내놓으라고 소송을 했고, 이겼다.

"언제? 난 몰라!"

"법원 판결문 보여 줘?"

채무자의, 아니 채무자였던 남자의 얼굴이 팩 돌아갔다.

홍등에서 나온 남자가 그의 얼굴에 주먹을 휘두른 것이다.

"이 새끼야, 내가 배때기에 사시미를 쑤시는 게 빠를까, 아니면 네가 법원 판결문을 보여 주는 게 빠를까?"

"그…… 그건……."

"빨리 돈 안 내놔?"

피해자는 눈을 찌푸렸다. 말이 안 통했으니까.

그는 결국 서랍에서 두툼한 돈뭉치를 꺼냈다.

"여기 600만 원. 이걸로 끝난 거지? 다시는 보지 말자."

"오케이. 일단 선이자 600 접수."

"뭐?"

"선이자라고, 선이자. 몰라? 이 새끼 이거 병신인가? 한국 놈인데 한국어를 모르네?"

"아니, 선이자라니! 원금이잖아!"

"뭔 개소리야? 이게 무슨 원금이야, 선이자지! 빨리 다음 이자랑 원금을 갚으라고, 개새끼야. 다음번에 올 때까지 준비 안 해 놓으면 네놈 장기를 털어 갈 테니까 그렇게 알고 있어라."

히죽 웃으면서 나가는 홍등의 조직원들을 보고 피해자인 남자는 이를 악물었다.

"개자식들."

하루 이틀이 아니다.

사실 이번에도 이렇게 될 거라는 걸 알고 있었다.

그들에게 600만 원이 아니라 600억을 준다고 해도 그들은 선이자라는 명목으로 계속 돈을 빼앗아 갈 테고 채권은 영원히 늘어날 것이다.

"누가 이번에도 당할 줄 알고?"

이미 법원을 통해 해결하는 것은 포기했다.

법원에 재판도 해 봤고 경찰에 신고도 했지만, 바뀌는 건 없었다.

법원은 형사적 문제라고 모른 척하고 경찰은 범죄가 발생하면 찾아오겠다고 한다.

진짜 범죄가 발생하면 범인이 중국으로 도망갔다는 말만 할 뿐 잡을 생각은 하지 않는다.

"이제는 너희가 토해 내야 할 거다."

남자는 이를 악물면서 핸드폰을 들었다.

"전데요. 지금 그 새끼들이 돈을 가지고 갔습니다."

통화는 짧았고, 이제 카드는 다른 사람들에게 넘어갔다.

⚖️

"어이구, 오늘 짭짤하네?"

몇 곳을 돌면서 수거한 돈이 무려 4천만 원.

평소에 이 10%도 회수하기 힘든 걸 생각하면 아주 '노난' 거다.

"그런데 오늘따라 이 새끼들이 돈이 많네요."

"그러게?"

자신들에게 돈을 빌릴 정도의 인간들이면 막장 중에서도 막장이다.

이 정도 돈이 들어올 구멍은 없다.

그런데 죄다 원금을 척척 낸다.

"뭐, 상관있나? 우리 실적만 좋으면 되는 거지."

"그렇지요, 후후후."

그들은 신이 나서 회사로 돌아가는 길이었다.

이걸 가지고 들어가면 제법 두둑한 금일봉이 나올 테니까.

"오랜만에 아랫도리의 묵은 때 좀 벗겨 내고……."

말을 하던 그들이 문득 움찔했다.

앞을 가로막는 남자들 때문이었다.

물론 길을 가다 보면 다른 사람들과 마주치는 건 하등 이상할 것 없는 일이지만, 연장을 가지고 있는 남자들을 길 한복판에서 마주치는 일은 사실 거의 없다.

"수금하러 왔습니다."

"수금? 너희들 뭐야, 이 새끼들아!"

"뭐긴 뭐야, 수금이라니까."

히죽 웃으면서 법원 명령서를 흔드는 상대방 남자.

"왕장규에게 못 들었냐? 너희 채권, 우리가 넘겨받았다고."

"뭐?"

"못 들었나 보네. 형님, 이거 어떻게 할까요?"

"내 알 바 아니지."

선두에 서 있던 남자는 어깨를 으쓱했다.

"우리는 우리 권한을 행사하면 되는 거야."

그러면서 어깨에 짊어지고 있던 쇠 파이프를 내리는 남자들.

그걸 본 홍등의 직원들은 등골이 오싹해졌다.

"뭐야, 씨발!"

"해보자는 거야!"

그들은 잔뜩 겁을 먹고 품 안에서 사시미를 하나씩 꺼내

들었다.

평소에는 사람들에게 겁을 주기 위해 들고 다니는 칼이지만 이제는 이게 최후의 방어 수단이 되어 버렸다.

"해보자는 건 너희들 같은데?"

히죽 웃는 남자들.

곧 그들의 뒤에서 몇몇 사람들이 앞으로 나왔다.

그리고 그들의 손에 들린 물건이 '횡횡' 소리를 내면서 돌기 시작하자 홍등의 직원들은 얼굴이 사색이 되었다.

"이런 씨발⋯⋯."

그건 다른 것도 아닌 쇠사슬이었다.

이쪽이 아무리 칼을 휘둘러도 쇠사슬과는 리치 차이가 심하다.

더군다나 저쪽은 이쪽보다 족히 여섯 배는 많은 숫자.

거기에다 죄다 연장을 하나씩 가지고 있었다.

"아그들아, 조용히 빚 갚을래, 아니면 여기서 병신 될래?"

그들은 서로를 바라보았다.

방법이 없었다.

엄밀하게 말하면 이 돈은 그들의 돈이 아니다.

이 돈의 주인은 사장이다.

이 돈을 지키기 위해서 싸운다고 해도, 그가 제대로 된 보상을 해 줄 거라고는 보기 힘들다.

그런데 여기서 싸우면 그들은 병신이 될 가능성이 높다.

아니, 운이 좋으면 그런 거고, 운 나쁘면 여기서 그냥 죽는 거다.

"닝기미……."

그들은 눈알을 굴리다가 어쩔 수 없이 가방을 내밀었다.

진짜 여기서 죽으면 그들만 손해니까.

"어이구, 어디 보자."

안에 든 돈을 확인한 보스로 보이는 자가 히죽 웃었다.

"얼마 안 되네."

"얼마 안 된다고?"

"이거 선이자네."

"선이자?"

자신들이 하던 말을 그대로 들은 홍등의 조직원들은 묘한 표정이 되었다.

"이 정도면 하루 치 이자 정도 되려나?"

"뭔 개소리야!"

"무슨 소리긴. 너희가 원금을 갚으려면 아직도 멀었다는 뜻이지."

히죽 웃은 남자들은 홍등 직원들에게 길을 터 줬다.

"어서 벌어서 원금 갚으라고, 이 새끼들아."

홍등의 부하들은 아무런 말도 하지 못하고 서둘러 그곳을 빠져나올 수밖에 없었다.

"뭐라고?"

왕장규는 부하들의 말에 기가 막혀서 말이 안 나왔다.

"그 돈을 다 빼앗겨?"

"네, 그 새끼들이…… 돈을 모조리 빼앗아 갔습니다."

"야! 이 새끼들아! 너희, 병신이야? 병신이냐고! 사시미질을 해서라도 그 돈을 지켰어야 할 거 아냐!"

"하지만 형님! 우리보다 몇 배나 많았습니다! 연장도 가지고 있는데 어떻게 사시미질을 합니까?"

부하는 억울한 듯 항변했지만 돌아온 대답은 다독거림 대신 강렬한 주먹이었다.

"이 개새끼들아! 너희 모가지 아래에 있는 걸 다 팔아도 그 돈 못 벌어! 어떻게 해서든 지켰어야지!"

주먹에 맞아서 바닥을 나뒹굴며, 조직원들은 이를 악물었다.

"당장 가서 찾아와!"

"하지만 그 새끼들이 어디 있는지 알고요?"

"그걸 알아내는 게 너희가 할 일이야, 이 새끼들아!"

"형님!"

"아오, 씨발!"

왕장규는 머리를 부여잡았다.

안 그래도 재판에서 진 후에는 중국으로 보내야 하는 돈을 구하기가 쉽지 않았다.

그런데 그마저도 빼앗기다니.

"씨발, 다른 곳에서라도 악착같이 쥐어짜서 가지고 와."

"알겠습니다, 형님."

어쩔 수 없다는 듯 자리에서 일어나는 부하들.

"이런 씨발."

이때까지만 해도 왕장규는 자신이 어떤 함정에 빠졌는지 상상도 하지 못한 채 그저 입술만 깨물 뿐이었다.

⚖

"여기 있습니다."

노형진은 다시 찾아온 돈을 남자에게 돌려줬다.

남자뿐만 아니라 다른 피해자들에게도 모두 돌려줬다.

"이걸 가지고 계시다가 그들이 다시 오면 또 건네주면 됩니다."

"하지만 이건……."

돈을 본 사람들의 눈이 떨려 왔다.

빼앗겼던 그 돈이 다시 돌아온 거니까.

"이런다고 해서 저들이 포기할 것 같지는 않은데요."

"저들이 꼼짝 못 하지는 않습니다."

노형진은 히죽 웃었다.

"하지만 저들의 빚은 계속 늘어날 겁니다."

노형진은 차분하게 사람들에게 말했다.

"계획은 처음에 말씀드렸던 것처럼 무한의 순환입니다."

이들이 돈을 주면 홍등에서는 선이자 타령을 하면서 가지고 갈 것이다.

그리고 그 소식은 바로 환상으로 넘어간다.

그러면 당연히 환상에서는 그 돈을 빚을 대신해서 찾아갈 테니, 결과적으로 그들은 그 돈은 구경도 못 하게 될 것이다.

"그리고 그 돈은 다시 여러분에게 지급되겠죠."

물론 환상에서도 조금씩 수수료를 뗄 것이다.

하지만 그만큼은 노형진이 메꿔 준다.

당연히 한정된 돈이 계속해서 순환하면서 돌게 되어 있다.

"이 작전에서 홍등은 점점 빚이 늘어나는 구조지요."

이렇게 사건이 길어질수록 홍등의 빚은 점점 더 늘어날 수밖에 없다.

구조적으로 그럴 수밖에 없는 게 현실이다.

왜냐하면 이들이 돈을 빼앗아 가는 장면이 모두 카메라에 찍히고 있으니까.

하지만 홍등에서 빼앗을 때는 카메라가 없는 장소를 골랐다.

그러니까 그들이 돈을 빼앗겼다는 물적증거는 어디에도 없다.

"물론 주지 않겠다고 버티면 주먹을 쓰기야 하겠지만요."

하지만 그 결과가 어떻게 되든 알 바 아니다.

그러다가 병신이 되어도 손해 보는 건 홍등이지 이쪽 사람들이 아니까.

"설혹 우리 쪽에서 주먹을 쓴다고 해도 그들은 경찰에 신고를 할 수가 없어요. 일단 피해 사실을 인정받기 위해서는 그 돈이 어디서 왔는지를 증명해야 하는데, 사실상 빼앗은 돈이라 그들이 신고하는 순간 그에 대한 조사가 들어갈 테니 기존과는 다르죠."

전에는 한 놈이 책임지고 중국으로 튀면 그만이었지만, 이제는 기업 차원에서 관리되고 있는 사건이니 그럴 수도 없다.

"한 번 찾아올 때마다 그들의 빚은 계속 늘어날 겁니다."

물론 그들이 그걸 갚을 거라는 생각은 하지 않는다.

그럴 놈들이면 이미 포기했어야 정상이니까.

"그냥 그렇게 무한으로 뺑뺑이시킨다고요?"

"네."

"언제까지요?"

"일단 여러분들이 받을 수 있는 돈을 확보할 때까지요."

"네?"

"그런 게 있습니다."

노형진은 살짝 웃으며 말했다.

"중요한 건 여러분들이 인내하셔야 한다는 겁니다. 이건 오래 걸리는 작전입니다. 절대 포기하지 마셔야 합니다. 물론 그들에게 맞거나 하라는 건 아닙니다. 돈을 달라고 하면 그냥 주시면 됩니다."

사람들은 떨떠름한 얼굴로 고개를 끄덕거렸다.

"그리고 그러다 보면, 어느 순간 그 녀석들이 더 이상 나타나지 않게 될 겁니다, 후후후."

"이런 미친 새끼들."

지난 몇 달간 벌어진 일이 왕장규는 믿기지 않았다.

자신들이 수금을 하면 그 환상인지 뭔지 하는 새끼들이 귀신같이 나타나서 돈을 빼앗았다.

"게다가 이게 저항한 꼴이라고?"

대가리에는 붕대를 감고 팔에는 깁스를 하고 얼굴에는 시퍼런 멍이 가득하다. 다리가 부러져서 목발을 하고 있고, 목에는 보호대도 차고 있다.

"형님, 싸움이 안 됩니다."

언제나 압도적인 숫자와 압도적인 장비로 습격을 해 와서, 돈을 빼앗기지 않기 위해 저항을 했지만 결과가 이거였다.

"닝기미……."

왕장규는 이를 뿌드득 갈았다.

이 상태로 계속 간다면 다 망하게 생겼으니까.

"어떻게 하죠, 사장님? 가서 채권자 새끼들을 담가 버릴까요?"

일이 이렇게 벌어지는데 바보가 아닌 이상에야 채권자들이 관련이 있다는 걸 모를 리가 없다.

"이 새끼야! 왜 채권자야! 그 새끼들은 채무자야! 채무자!"

왕장규는 소리를 버럭 지르다가 머리를 흔들었다.

사실 그런 생각도 했다.

하지만 그럴 수가 없었다.

그랬다가는 여러모로 힘들어지니까.

"그 새끼들을 담그면? 그 이후에는 어떻게 할 건데?"

돈을 받아 낼 방법이 없다.

물론 겁을 줄 수는 있다.

하지만 이런 사업을 할 때 중요한 것은 협박을 하고 때리고 지랄을 해도 상관은 없지만, 결코 죽여서는 안 된다는 것이다.

죽여 버리면 절대로 돈을 받아 낼 수가 없으니까.

"거기에다가 그 새끼들 돈이 어디선가 나온단 말이지."

지난 몇 달간 달라고만 하면 언제나 돈이 나왔다.

그 말인즉슨, 그 새끼들을 그냥 두고 환상인지 환장할 새끼들인지를 족치면 돈은 계속 나온다는 거다.

"하지만 우리한테 빼앗은 돈이 거기로 가는 것일지도 모르잖아요?"

"그게 가능하다고 생각하나?"

왕장규는 피식 웃었다.

연장을 들고 다니는 조폭 새끼들이 자기 손에 들어온 돈을 그대로 돌려준다?

그건 불가능하다. 그런 새끼들은 절대로 그런 짓은 하지 않는다.

물론 일반적인 경우라면 이 생각이 맞을 것이다.

하지만 이 또한 공식적으로 한만우라는 존재가 철저하게 가려져 있기 때문에 가능한 생각일 뿐, 아마 한만우라는 존재를 알았다면 왕장규도 그렇게 생각하지는 않았을 것이다.

아무리 막장이라고 해도 어찌 되었건 한만우 아래에 있는 사람들인 이상, 한만우는 그들에게 공포의 대상일 테니까.

"그러면 어떻게 하죠?"

"그 새끼들 주소가 어디라고 했지?"

"네?"

"그 새끼들 주소 말이야."

"작은 사무실인데요."

"계좌는 찾았어?"

"아니요."

계좌는 없었다.

왕장규는 머리가 팽팽 돌기 시작했다.

"그 새끼들이 그 돈을 어디다 보관할 것 같냐?"

"설마……."

"좀 알아봐. 분명 그 새끼들, 그 돈을 거기에 보관할 거다. 채무자 새끼들을 족치면 여러모로 곤란하겠지만 결국 조폭끼리의 싸움이야. 한국 경찰이 끼어들기 전에 털고 잠수 타면 된다."

왕장규는 단순하게 생각했다.

돈이 쌓여 있다면, 그걸 털면 된다고 말이다.

"털 생각을 하겠지요."

노형진은 설치되는 금고를 보고 시큰둥하게 말했다.

"여기를?"

한만우는 고개를 갸웃했다.

상식적으로 여기를 턴다는 것이 말이 안 되기 때문이다.

"바보가 아닌 이상에야 지금쯤 채무자들이 손잡은 걸 알 텐데? 공격하려면 채무자들을 먼저 공격해야 하는 거 아닌가?"

"그건 그렇지요. 하지만 중요한 건, 채무자들이 있어야 돈을 줄 수 있다는 겁니다."

"으음......."

"그리고 채무자가 여러 명이라는 것도 문제가 되지요."

채무자들을 털면 확실하게 겁을 먹게 할 수는 있을 것이다.

하지만 한꺼번에 털자니 언론의 공격을 받을 테고, 한 명씩 털자니 소문이 나면 도망갈 가능성이 높다.

"그리고 채무자들을 공격한다고 해서 실질적으로 그들에게 돈이 생기는 건 아니거든요. 그런 경우는 어쩔 수 없이 많은 사람을 써야 하는데, 아무리 중국에서 인원을 보충한다고 해도 다수의 사람들을 바꾸는 건 여러모로 곤란하죠."

즉, 현 상황에 실질적으로 돈이 되며 부담이 덜한 곳은 바로 여기다.

이곳만 털면, 턴 사람들만 튀면 되니까.

그들이야 미리 퇴직 처리를 하고 표를 끊어 두면 문제가 없다.

"그래서 여기를 털 거다?"

"네. 거기에다가 계속 여기에 돈이 들어가는 모습을 봤을 테니까요."

습격 패턴이 똑같으니 그들도 이쪽을 감시하기 편해질 수밖에 없다.

그리고 그 말은, 이쪽에서 이중으로 역감시가 가능하다는 소리다.

"지난 며칠간 그들은 이쪽을 감시했지요."

그리고 그렇게 수거한 돈은 모두 이곳으로 가지고 왔다.

물론 여기에는 비밀이 있었다.

뒤쪽으로 난 창문이 다른 건물 창문과 바로 연결되어 있어서, 문을 열고 바로 돈을 던져 줄 수 있었던 것이다.

"아마 그 녀석들은 돈이 어마어마하게 쌓여 있을 거라 생각할 겁니다."

"그거랑 이 금고가 뭔 관계가 있는데?"

노형진은 히죽 웃었다.

"돈을 금고에다 보관해야지 박스로 보관하는 건 이상하지 않습니까?"

"박스?"

노형진은 씩 웃고는 금고가 설치된 걸 확인한 후 뒤쪽 창문으로 다가갔다.

그러자 그 건너편에서 속속 박스들이 넘어오기 시작했다.

"이게 뭔가?"

"돈이죠."

"돈이라고?"

지금 들어온 금고도 결코 작지 않다.

길이만 1미터가 넘는, 초대형 금고다.

"그걸 다 돈으로 채울 생각인가?"

"네."

"여기에 가득 채우려면 엄청난 돈이 필요할 텐데?"

한만우는 고개를 돌려서 반대쪽에 설치된 금고를 바라보았다.

이건 절대 만 원짜리 몇 상자로 채울 만한 규모의 금고가 아니다.

그런데 돈이라고 건너편 건물에서 넘어오는 게 한두 박스가 아니다.

"한번 열어 보세요. 제게 그 정도 돈은 있습니다, 후후후."

노형진의 말에 어이없어하면서 박스를 뜯던 한만우는 순간 움찔했다.

그럴 수밖에 없는 게, 그 안에 돈이 들어 있기는 했지만 생각과는 달랐기 때문이다.

"이건 가짜잖아?"

비슷하게 생기기는 했지만 가짜였다.

정확하게는, 컬러복사기로 찍어 낸 허술한 위조지폐였다.

외부에 나간다고 해도 절대로 유통될 수 없을 정도로 허술한.

"이게 뭐야? 이걸로 뭐 하려고?"

"이걸 가지고 그들을 속일 겁니다."

노형진은 그 돈을 차곡차곡 쌓아 올리기 시작했다.

그리고 그 위에 진짜 돈뭉치를 올렸다.

"이 금고에는 대략 400억 정도가 들어갈 겁니다."

"400억?"

"네."

5만 원권으로 하면 분명 400억 정도 들어간다.

"하지만 우리가 그들에게서 빼앗은 돈은 그 정도가 안 되잖나?"

"상관있나요?"

상관없다. 어차피 저들에게 엿을 먹이기 위해 파는 함정이니까.

"뭐, 한만우 씨도 아시겠지만, 이런 사건은 경찰의 비호가 없으면 성립되지 않지요."

"그건 그렇지."

신고를 받으면 경찰은 일단 출국을 막아야 한다.

하지만 지금까지 단 한 번도 출국을 막으려고 한 시도는 없었다.

그 말은 경찰이 그들에게 관리되고 있다는 의미이기도 했다.

"물론 작은 건 무마가 가능할 겁니다. 하지만 큰 건이라면 어떨까요?"

"큰 건이라."

한만우는 돈뭉치를 보다가 피식 웃었다.

노형진이 뭘 노리는지 알아차린 것이다.

"인간의 욕심은 끝이 없지. 아니, 절대 안 멈추지."

"제 말이 그 말입니다, 후후후."

노형진은 느긋하게 말했다.

⚖

왕장규는 건물의 위치를 대충 확인했다.

그리고 몇 가지를 알아차렸다. 일이 끝난 조직원들이 그곳에서 숙식까지 해결하지는 않으며, 평소 사무실에서 근무를 하는 건 남직원과 여직원 각 한 명씩뿐이다.

　"이곳을 털고 나면 우리가 중국으로 튄다."

　왕장규는 평소와 같이 움직였다.

　물론 기업을 털어야 하는 일이다 보니 평소보다 많은, 네 사람을 동원하기는 했지만 말이다.

　"가서 직원들한테 적당히 겁을 주고 그곳에 있는 돈을 털어 와."

　"네, 사장님."

　"그리고 바로 중국으로 출국할 준비 하고."

　"이미 짐 다 꾸려 놨습니다. 비행기표도 끊어 놨고요. 오늘 저녁 비행기입니다."

　"오케이."

　왕장규는 고개를 끄덕거렸다.

　"우리는 이 사건에 대해 전혀 모르는 거다. 무슨 뜻인지 알지?"

　"그럼요."

　"좋아, 그러면 나중에 보자. 몇 달 뒤에 다시 들어와서 수금하면 될 거다."

　범죄자로 걸리면 사람들은 한국에 다시는 못 들어올 거라 생각한다.

하지만 중국에서 가짜 신분증을 만드는 건 어려운 일이 아니었기에, 많은 범죄자들이 그걸 이용해서 한국으로 다시 들어오곤 했다.

중국에서 위험부담을 안고 열 건 정도 저질러야 벌 수 있는 돈을 한국에서는 한 번 만에 벌 수 있는 데다가, 잡혀도 중국과 다르게 터무니없이 낮은 형벌로 끝나기 때문이다.

실제로 한국에서 추방된 사람들이 다른 여권으로 들어오는 것은 아주 비일비재한 일이었다.

"네, 형님."

그들은 고개를 끄덕거렸다.

"돈은 정해진 장소에 두고. 무슨 뜻인지 알지?"

"네."

그들은 다시 한번 고개를 끄덕거렸다.

"행운을 빈다."

왕장규는 그들을 비밀 사무실에서 내보냈다.

그리고 그들이 가지고 올 돈을 생각하면서 히죽 웃었다.

"멍청한 놈들, 우리가 그렇게 당하기만 할 줄 알았나? 이제 영혼까지 탈탈 털어 주마, 흐흐흐."

사무실에서 근무하는 사람은 두 사람뿐이었다.

하지만 말이 근무지 둘 다 핸드폰을 보면서 핸드폰 게임에 빠져 있었다.

"이거 얼마나 기다려야 해요?"

"글쎄. 오기는 하려나 몰라."

"움직임을 보인다면서요?"

"그렇다고는 하던데."

기본적으로 일하는 사람의 자세가 아니었다.

물론 진짜 일하는 게 아니었으니까 상관은 없지만.

그러던 어느 순간이었다.

'찌잉' 하는 벨 소리가 사무실에 울렸다.

두 사람은 서로를 마주 보았다.

곧 여직원이 목소리를 가다듬고는 폰을 들었다.

"네, 여보세요?"

─택배입니다.

여직원은 남자를 바라보았다.

남자는 그 시선을 받고는 고개를 흔들었다.

택배 같은 거 시킨 적이 없다는 소리다.

그건 여직원도 마찬가지였다. 임시로 근무하는 이곳에 택배를 배달시킬 이유는 없으니까.

"잠시만요."

하지만 여직원은 모른 척 문을 여는 버튼을 눌렀고, 문이 열림과 동시에 한 무리의 사람들이 우르르 들어왔다.

"누구세요!"

"입 닥치라우, 이 종간나 새끼야!"

"간나 년, 입 안 닥칠래?"

여자가 새된 비명을 지르자 남자들은 품에서 칼을 꺼냈다. 그리고 여자를 겨누었다.

"다…… 당신들 뭐야! 지금 뭐 하는 거야!"

"날래날래 이리 안 나오니? 죽고 싶어 환장했니? 이게 뭔지 모르니?"

남자들은 연변식 한국어를 쓰면서 그 둘을 위협했다.

척 봐도 마스크를 쓴 그들의 모습은 강도로 오해하기 충분했다.

"너, 이리 와서 이거 안 여니?"

"날래날래 움직이라우!"

그들의 말에 남자는 눈을 데굴데굴 굴렸다.

하지만 두 명이 여직원 쪽으로 움직이자 어쩔 수 없다는 듯 금고 쪽으로 향했다.

"빨리 열라우! 아니면 저 종간나 년 피를 봐야 쓰것니?"

"과…… 과장님."

"큭."

남자는 어쩔 수 없다는 듯 금고로 다가가 열쇠로 문을 열고 비밀번호를 눌렀다.

이윽고 천천히 금고가 열리자 강도들의 눈이 뒤집어졌다.

"허미……."

"이런."

빼앗아 갈 돈은 많아 봐야 수억 정도라 생각했다.

하지만 금고 가득 들어 있는 돈은 그들의 혼을 쏙 빼기에 충분했다.

"이게 뭔 돈이야……."

"이렇게 많을 줄은……."

덜덜 떨리는 그들의 손.

그들은 다급하게 주변을 둘러봤다.

구석에 몇 개의 마대 자루가 놓여 있는 것이 보였다.

"여기 담아!"

"어서 담아!"

남자에게 칼을 휘두르며 위협하는 강도들.

신분을 속이기 위해 어눌한 한국말을 흉내 냈지만, 넋이 빠진 상황이라 그럴 정신이 없었다.

"빨리 담아! 아니다! 너희 둘! 와서 담아!"

무려 400억이나 되는 돈을 보자 그들은 멈출 수가 없었다.

여자를 위협하던 사람과 망보던 사람까지 불러서 돈을 담게 했다.

"이 연놈들을 묶어, 어서!"

"죽이는 게 좋지 않겠어요?"

"그러다가 피 묻으면 우리만 골치 아파! 묶어!"

다행히 사무실에는 덕 테이프가 있었고, 그걸로 직원들을 칭칭 묶은 범인들은 돈을 챙겨 다급하게 그곳을 떠났다.

그들이 떠난 지 채 5분도 되지 않아서 문이 열리면서 한 무리의 사람들이 사무실로 들어왔다.

그들은 능숙하게 미리 준비한 가위로 덕 테이프를 잘랐다.

"아주 눈이 동그래져서 가지고 가는군요."

"푸하, 멍청한 놈들. 그게 가짜인 줄은 꿈에도 모르더군요."

"아무래도 위쪽은 진짜 돈이니까요."

물론 그마저도 그 안쪽은 가짜다.

그러니까 그들이 가지고 간 돈 중에 진짜 돈은 얼마 되지 않는다.

"그리고 그 멍청한 놈들은 카메라도 확인을 안 했어요."

물론 나름 대책을 세운다고 카메라를 보이는 족족 부수기는 했다.

하지만 애초에 그렇게 드러나 있던 카메라는 가짜였다.

선도 연결이 안 된, 건전지로 움직이는 가짜 말이다.

진짜는 그 옆에 달린 아주 작은 카메라.

사실 그것도 딱히 고해상도는 아니었다. 어차피 그들이 얼굴을 가릴 건 알았으니까.

그럼에도 불구하고 카메라를 단 것은 그들이 금고를 터는 장면을 찍기 위해서였다.

"그리고 이걸 경찰과 기자들에게 뿌리면 어떻게 될까요?

후후후."

"가짜?"

왕장규는 손이 부들부들 떨렸다.

달려오면서 신나게 대박이라고, 그것도 아주 '초초초초초 초대박'이라고 게거품을 물기에 잔뜩 기대를 하고 왔다.

그런데 도착해서 마대 자루를 열어 보니 그 안에 있는 돈 은 모조리 가짜였다.

"이게 가짜라는 걸 몰랐다는 거야!"

"아니, 그게…… 사장님……."

"사장님? 사장님? 지금 사장님이라는 소리가 나와!"

아직 정리가 끝나지는 않았지만 이 엄청난 가짜 돈뭉치 사 이에서 아무리 뽑아내도 진짜 돈은 1천만 원도 되기 힘들다.

물론 그것도 적은 액수인 건 아니지만 자신들이 빼앗긴 돈 에 비하면 말 그대로 조족지혈이다.

"젠장! 이 새끼들, 위조지폐라도 유통하고 있었던 거야, 뭐야?"

하지만 그런 것치고는 위조지폐의 수준이 너무 낮았다.

이건 초등학생만 되어도 이상하다고 생각하고 쓰지 않을 돈이다.

"일이 틀어진 거야. 이게 여기서 튀어나올 리가 없어."

그는 자신도 모르게 손톱을 깨물었다.

뭔가 이상했다.

그가 아무리 바보라고 해도 이게 함정이라는 걸 모를 수는 없었다.

"일단 중국으로 튀자."

"형님?"

"씨발, 중국으로 일단 튀자고! 뭐가 단단히 잘못된 거야!"

그는 결정을 내리고 도망가기 위해 몸을 돌리려고 했다.

그런데 다급하게 문이 열리면서 한 남자가 들어왔다.

그는 다름 아닌, 기다리고 있던 왕장규의 운전기사였다.

"사장님, 큰일 났습니다!"

"큰일? 갑자기 큰일이라니? 그게 무슨 소리야?"

"방금 뉴스가 떴는데……!"

"뉴스?"

왕장규는 움찔했다.

이 시간에 뉴스라니?

아니, 뉴스를 할 시간이기는 하다.

그러나 자신들과 관련해서 보도될 만한 뉴스는 없었다.

딱 하나 빼고는 말이다.

—오늘 오전 3시경 환상채권금융 사무실에 4인조 무장 강도가 들

었습니다. 그들은 근무 중이던 직원들을 협박하여 현금 400억을 탈취하여 사라졌습니다. 경찰은 그들에 관해 수사를 하는 한편. 그들이 중국계 사채업자인 홍등이라는 사실을 제보받아서 그들에 대한 출국 금지와 더불어 압수수색영장을 받았습니다. 기록에 따르면 홍등의 직원은 범행 직전 사표를 내고 중국행 비행기를 예약하는 등 치밀하게 범죄를 준비하고…….

뉴스를 들으면서 왕장규는 이를 악물었다.

'씨발, 당했다.'

무려 400억. 절대 작은 돈이 아니다.

하물며 중국계 기업이 한국의 기업에서 강도질한 돈이다.

이걸 덮을 방법은 없다.

아무리 자신들을 봐주는 경찰이 있다고 해도 말이다.

그들은 이미 손절하는 단계로 들어갔을 테고.

"염병!"

왕장규는 발로 가짜 지폐들을 뻥 차 버렸다.

완전히 당했다.

이 정도 범죄면 자신들은 한국을 빠져나갈 수가 없다.

금액도 금액이거니와, 한국 기업을 습격해서 강도질한 중국 기업을 언론에서 어떻게 표현할지는 뻔하니까.

"으아! 씨발!"

그는 얼굴을 부여잡았다.

하지만 그의 악몽은 끝난 게 아니었다.

그들은 돈을 뭉텅이로 집어 왔기 때문에 그 안에 돈처럼 생긴 위치 추적기가 들어 있다는 것을 몰랐다.

"꼼짝 마! 경찰이다!"

문이 열리며 들이닥치는 경찰들.

부하들은 갑작스러운 경찰의 등장에 아무런 말도, 아무런 행동도 못 하고 얼굴만 하얗게 질려 갔다.

"도대체 채권이 얼마나 늘어난 거야?"

한만우는 기가 막혀서 말이 안 나왔다.

계속해서 돈을 가지고 간 왕장규의 부하들.

그건 그대로 채권 확정을 받는 데 하등 문제가 없었다.

이미 그들의 채권은 무효화된 상태고, 그들이 가지고 간 돈을 돌려받기 위한 증거는 넘쳐 났으니까.

그런데 그게 한두 번도 아니다 보니 그 채권 금액이 실로 어마어마했다.

"어디 보자, 한 서른 배쯤 늘어났네요."

노형진은 히죽거리며 웃었다.

그들이 줘야 하는 돈은 이제 터무니없이 늘어났다.

"하지만 그건 필요가 없지 않나?"

"필요가 없지요."

이미 홍등은 망했고 왕장규는 체포당했다.

그가 잡히는 순간 현장에 있던 위조지폐 탓에 그에 관한 수사까지 받고 있으니, 아마 당분간은 나오기 힘들 것이다.

"하지만 그의 재산이 있지요."

"재산?"

"네. 그의 재산에 대해서는 이미 조사가 끝났습니다. 한국뿐만이 아니라 중국의 재산까지요."

한만우는 황당하다는 얼굴이 되었다.

그 정도 돈이라면 분명 적지 않을 것이다.

"하지만 채권을 모두 메꾸지는 못할 텐데?"

"물론 그럴 겁니다. 하지만 피해자들에게 빼앗은 돈을 돌려주기에는 충분하겠지요."

"아!"

법원에서 이미 내려진 판결문이다.

물론 한국에서의 재산뿐 아니라 중국에서의 재산도 압류하려면 그쪽도 재판을 걸어야 하겠지만, 그들이 저지른 모든 범죄가 녹화되어 있다.

아무리 중국이 막장 국가라는 소리를 들어도 선이자라는 건 인정되지 않는다.

당연히 왕장규와 그 일파는 억울해도 항변할 수가 없다.

더군다나 그는 한국에서 실형을 받고 수감 생활을 할 테니 중국에 있는 재산을 지키지도 못할 것이다.

"뭐, 피해자들에게 돈을 돌려주고 남으면 우리 몫이겠군."

한만우는 자신도 모르게 손을 비볐다.

사채업이라는 게 얼마나 큰돈이 되는지 알기 때문이다.

애초에 돈이 없는 사람이 사채업을 할 수는 없으니까.

"그래도 남는 건 추가 피해자를 찾아서 줘야지요."

"그게 쉽겠어? 왕장규가 절대 입을 열지 않을 텐데."

"걱정하지 마세요. 열 겁니다, 후후."

왕장규는 영혼이 나간 듯했다.

자신을 바라보는 남자.

중국에서 왔다는 그 남자는 채권을 내밀었다.

"당신의 채권은 우리가 구입했습니다."

"아니…… 그건……. 잠깐, 난 빚이 없어!"

"헛소리하지 마시고요. 이미 양쪽 법원에서 허가를 받았습니다."

"아니야! 그건 함정이야! 함정이라고!"

"이미 부하들이 다 불었습니다."

그들은 자신들이 살기 위해 왕장규가 시켰다는 증언을 했고, 그로 인해 모든 손해배상 청구는 왕장규에게 쏠렸다.

물론 왕장규의 부하들, 즉 직접적인 가해자들에게도 청구가 들어가긴 했지만, 애초에 그들은 돈이 별로 없어 별 의미가 없었다.

물론 그것만으로도 그들은 완전히 파멸했지만.

"난 아니야! 내가 한 게 아니야!"

"그러면 영상에 있는 모든 범죄가 없는 거라 생각하십니까?"

눈앞에 있는 남자는 웃고 있었다.

하지만 왕장규는 웃을 수가 없었다.

남자는 자신이 황룡채권이라는 곳에서 나왔다고 했다.

그런데 왕장규의 기억이 맞는다면 황룡채권은 중국계 자금이다.

물론 그와 같은 조직의 사람은 아니다.

정확하게는 중국의 삼합회에서 운영하는 곳이었다.

왕장규는 전 재산을 빼앗겼고 회사는 망했으며 남은 건 아무것도 없다.

그럼에도 불구하고 그들에게 줘야 하는 돈이 아직 남아 있다. 그렇다는 것은…….

"으으…….."

왕장규는 마치 내면이 텅 빈 것 같은 공허함에 자신도 모르게 부르르 떨 수밖에 없었다.

앞으로 남은 수감 기간이 자신의 여생에 못 미친다는 것을 깨닫자, 어떻게 해서든 수감 기간을 늘려야 한다는 생각이 그의 머리를 지배하기 시작했다.

"다른 피해자들이 또 나온 모양인데? 왕장규가 아는 걸 모두 이야기하는 모양이야. 열 살 생일 저녁에 먹은 메뉴까지 토해 낸다는데?"

"어떻게 해서든 살고 싶을 테니까요."

사실 넘겨준 채권은 없었다.

중국 조직이 바보도 아니고, 쓰레기 채권을 살 리가 없다.

설사 산다고 해도 바로 쓸 수 있는 걸 사지, 수년이 지난 후에 중국으로 추방당하면 쓸 수 있는 채권을 비싼 돈을 주고 살 리가 없다.

"하지만 왕장규는 그걸 모르니까요."

적당한 사람을 보내서 채권이 넘어갔다고 하자, 속아 넘어간 왕장규는 살기 위해 아는 걸 필사적으로 나불거리면서 자수하고 있었다.

더 웃긴 것은 자수를 하는 조건이 형량을 최대한 늘려 달라는 것이었다.

"죄가 어마어마하던데. 형량을 최대한 늘리지 않아도 바깥으로 나갈 일은 없을 것 같더군."

한만우는 고개를 끄덕거리며 말했다.

"이제 방법을 아셨으니 앞으로 환상채권금융을 어떻게 운영해야 할지도 아시겠지요?"

"충분히 알겠네."

물론 불법적인 부분이 없는 것은 아니다.

하지만 그들은 합법적으로 채권을 구매할 뿐이고, 그 이후에 돈을 못 벌게만 하면 된다.

그러면 불법 채권은 아마 얼마 가지 않아서 박멸될 것이다.

"개똥들이지만 쓸데가 있긴 있군."

한만우는 피식 웃었다.

진짜 쓸모없지만 정 때문에 내치지 못했는데, 이제야 그들을 쓸 곳을 찾은 것이다.

"뭐, 당분간은 말이죠."

노형진은 어깨를 으쓱했다.

"뭐, 또 필요한 곳이 생길지도 모르죠, 후후후."

이 가게는 내 가게여

"읍."

노형진은 돼지국밥을 한 숟갈 퍼서 입에 넣다가 문득 눈을 찌푸렸다.

"뭐야, 씨발."

"왜 그러십니까?"

"아니, 뭐가 좀 이상해서요."

"이상해요? 국밥에 뭐 이상할 게 있다고 그러십니까?"

무태식은 고개를 갸웃하면서 음식을 들었다.

그리고 자신도 모르게 그걸 뱉어 냈다.

"읍, 뭐지? 이거 뭐야? 무슨 맛이 이래?"

서울에서 흔하지 않은 돼지국밥.

그럼에도 불구하고 살아남은 이 집은 주변에서 꽤나 맛집으로 통하는 집이었다.

오래된 곳이기는 하지만 그만큼 믿을 만했다.

서울 사람들이 잘 안 먹는 돼지국밥으로 버틴다는 것 자체가 맛이 없다면 불가능한 일이었다.

그런데 그랬던 집이, 이건 도대체가 먹을 수가 없는 수준이었다.

"우엑!"

"토할 것 같아."

다른 테이블에 앉은 사람들도 얼굴을 찌푸리면서 수저를 내려놓는 게 보였다.

노형진은 이 상황이 이해가 가지 않았다.

"아니, 왜 갑자기 맛이 바뀌었죠?"

"글쎄요. 이럴 집이 아닌데?"

무태식은 당황한 표정이었다.

그럴 수밖에 없는 게, 이 집을 가장 좋아하는 사람이 다름 아닌 무태식 변호사였기 때문이다.

산적 같은 얼굴에 입맛까지 산적이라면서 놀림을 받기는 했지만, 그는 그래도 이곳을 가장 좋아했다.

"이거 뭐야! 장난하는 것도 아니고."

무태식은 국물을 물끄러미 바라보았다.

비슷하게 보이기는 하지만 전혀 다른 맛.

사실 돼지국밥의 핵심은 그 특유의 잡내를 잡는 데 있다.

그리고 그건 쉬운 일이 아니다.

그런데 이건 잡내를 잡기는커녕, 지독한 냄새로 인해 삼킬 수조차 없는 지경이었다.

"주인이 어디 아픈가 보네요."

"그럴지도 모르겠네요. 맛이 이러면 주인이 알아야 할 텐데."

무태식은 자신이 다니는 단골집의 맛이 바뀌는 걸 원하지 않았기에 직원에게 주인을 불러 달라고 했다.

혹시나 몸이 안 좋아서 입맛이 이상하거나 미각이 변한 거라면 검사를 받아야 하니까.

그러나 그 주인이 나타났을 때, 무태식은 당황했다.

"누구십니까?"

"제가 주인인데요."

"주인이시라고요?"

눈앞에 있는 여자는 주인으로는 전혀 보이지 않았다.

50대쯤 되어 보이는, 복장 자체가 요리를 할 만한 복장도 아닐뿐더러 손에 반지를 몇 개나 낀 복부인이었으니까.

"전에 있던 분은 어디 가시고요?"

무태식의 말에 노형진은 고개를 갸웃했다.

"여기 주인을 아십니까?"

"네. 뭐, 제가 워낙 단골이어서요."

못해도 일주일에 세 번 이상 여기서 밥을 먹으니 주인을 모를 리가 없었던 것이다.

"제 기억이 맞는다면 나이가 한 예순쯤 되신 분일 텐데요?"

거기에다 그녀는 새벽부터 직접 나와서 요리를 준비하는 성실한 사람이었다.

"그분, 나가셨어요. 제가 여길 인수했고요."

"네?"

무태식은 고개를 갸웃했다.

"뭐, 문제가 있나요?"

"아니, 맛이 좀 이상해서요."

"맛이요? 전 괜찮은데요."

"이게 괜찮다고요?"

지독한 돼지 누린내 때문에 삼키는 것도 곤혹스러운 상황인데?

"설마 돈 안 내려고 그러는 거예요?"

눈을 팍 찡그리는 주인을 보고 노형진은 기가 막혔다.

영업을 한다는 사람이 다짜고짜 손님에게 책임을 미루는 건 도대체 어느 나라 예법이란 말인가?

"우리, 거지 아닙니다만? 저 위쪽에 법무 법인 새론의 변호사들입니다."

"아, 변호사님들이시구나. 뭐, 맛이 좀 바뀌었을 수도 있죠. 미안해요. 다음번에는 제대로 내드릴게요."

성의 없이 대하는 여자를 보면서 노형진은 눈을 찡그렸다.

도무지 제대로 장사를 하려고 하는 사람의 태도가 아니었기 때문이다.

"그래서 전 주인분이 가게를 내놓고 가셨다고요?"

"네, 제가 물려받은 거고요."

"그렇단 말이지요?"

노형진은 그렇게 말하면서 무태식에게 슬쩍 눈짓을 했다.

그러자 무태식은 그 눈짓을 받고는 더 이상 말하지 않고 자리에서 일어났다.

"가시죠, 무 변호사님."

"그러죠."

여기서 싸워 봐야 자기들 입맛만 버리고 속만 썩인다는 걸 알기에 두 사람은 조용히 나와서 계산을 하고 건너편에 있는 편의점으로 향했다.

그리고 음료수와 도시락을 사 먹었다.

"편의점 음식이 백만 배쯤 맛이 낫네요."

"그러게요. 어떻게 생각하십니까, 무 변호사님?"

"어디 보자, 시기가 어떻게 될지는 모르겠습니다만…… 저곳이 우리가 여기 자리 잡을 때부터 있었단 말이지요."

그렇다면 상당히 오래된 집이라는 의미다.

당장 간판에서부터 많은 집기들이, 그 세월을 모두 표현하고 있다.

"정말 주인이 국밥집을 넘긴 걸까요?"

분명 그렇게 말했다.

그렇지 않다면 다른 사람이 사장이라며 나올 리가 없다.

하지만 그게 타의에 의한 것인지 아니면 자의에 의한 것인지가 문제다.

"이 경우는 타의라고 봐야겠지요."

만일 물려준 거라면 요리의 요 자도 모르는 사람에게 국밥집을 넘겨줬을 리가 없다.

하다못해 최소한의 요리는 할 줄 아는 사람에게 넘겨줬겠지.

"그런데 생각해 보면 반찬도 바뀌었네요."

국밥의 기본은 깍두기다.

그런데 전에는 집주인이 직접 담가 주던 커다란 섞박지였는데 지금 나온 건 누가 봐도 공장에서 나온 깍두기다.

전 주인이 가게를 물려준 거라면 레시피 역시 넘겨줬을 게 뻔하다.

"아니면 돈을 주고 팔았을 가능성도 있고요."

"그것도 아닌 것 같은데요."

물론 주인의 나이가 있는 만큼 돈을 받고 가게를 넘겼을 가능성은 분명 존재한다.

"하지만 그분이 말도 없이 그럴 분은 아니고……."

1년 내내 오로지 국밥 하나만을 바라보며 팔던 사람이 단골들에게 아무런 말도 하지 않고 가게를 넘긴다는 건 말이 안 된다.

"더군다나 제가 아는 전 주인 성격이라면 그런 식으로 일을 처리할 리가 없어요."

무태식은 머리를 긁적거렸다.

"진짜 억척같은 분이셨거든요."

매일같이 돼지 뼈를 끓이면서 잡내를 잡는 건 쉬운 일이 아니다.

라면처럼 몇 분 끓이면 되는 게 아니라 몇 시간을 밤새도록 끓여야 하니까.

노형진은 문득 생각나는 게 있어서 가게 방향을 다시 한번 바라봤다.

"아무래도 빼앗긴 것 같죠?"

"그런 것 같네요."

"이거야 원."

노형진은 머리를 긁적거렸다. 생각보다 이런 일은 흔하니까.

"그러고 보니 이런 사건은 생각보다 해결이 쉽지 않지요."

"그건 그렇죠."

대충 상황이 나왔다.

오래된 가게.

거기에다가 이 주변에 단골도 많고 손님도 많은, 장사가 잘되는 가게.

그런데 만일 건물주가 가게의 임대계약을 갱신하기를 거부한다면?

"그때는 나가는 수밖에 없는 건데."

상황을 봐서는 그렇게밖에 생각되지 않았다.

하지만 건물주가 그 가게를 물려받는다고 해서 당장 뭐가 되는 것은 아니다.

애초에 그렇게 가게를 빼앗은 대부분의 건물주들은 그 가게를 지키지 못한다.

음식 하는 법도, 손님을 관리하는 법도 모르는 사람들 아닌가?

주변에서 가게를 빼앗는 건물주 이야기는 흔하게 나오지만 그들이 그 가게를 넘겨받아서 제대로 키우는 것은 현실적으로 불가능에 가깝다.

진짜로 그 가게를 넘겨받아서 지킬 정도의 실력을 가지고 있다면 다른 곳에 가서도 충분히 영업을 할 수 있다.

그럼에도 불구하고 그러는 이유는, 다름 아닌 권리금 때문이다.

"서울 한복판에서 장사가 잘되는 돼지국밥이라……."

대충 생각해 봐도 그 권리금이 적을 리가 없다.

'음식 맛이 이상한 거? 주인이 모를 리가 없지.'

말로는 자신은 모르겠다고 하지만 인간의 입은 간사하다.

예민한 사람은 소금 몇 톨 정도의 미세한 차이도 아는데 이렇게 대놓고 맛이 다른 걸 모를 리가 없다.

"어떻게 하실래요?"

"네?"

"아니, 이건 엄밀하게 말하면 수임한 사건도 아니고……."

노형진의 말에 무태식이 머리를 긁적거렸다.

수임한 사건도 아니고, 그렇다고 자신들이 먼저 나설 정도로 큰 규모의 사건도 아니다.

하지만 한편으로는 주변에서 아주 흔하게 벌어지는 일이며 대부분의 소상공인들이 저항도 하지 못하고 쫓겨나는 큰 이유 중 하나다.

"장기적으로 보면 이런 사건은 계속 벌어질 겁니다. 당연하게도 이런 쪽으로 확실한 명성을 얻어 두면 나쁜 건 아니죠."

"하지만 법적으로는 방법이 없지 않아요?"

노형진은 씩 웃었다.

"법적으로는 방법이 없지요. 하지만 같이 죽을 수는 있습니다."

"같이 죽을 수 있다고요?"

"네. 건물주에게 배보다 배꼽이 크다는 점을 확실하게 못 박아 두면 됩니다."

때로는 승리보다 공포가 더 도움이 된다.

승리는 한 건으로 끝나지만 공포는 모두에게 전염되니까.

"그리고 흔한 사건이라는 건 결국 돈이 된다는 거니까요."

노형진의 말에 무태식은 고개를 끄덕거렸다.

"한번 이야기는 해 볼게요."

"연락처는 아십니까?"

"아는 방법이 있지요, 후후후."

장사하던 사람의 연락처를 찾아내는 것은 어려운 일이 아니었다.

물론 그 사람이 진짜 잠적해 버리면 답이 없지만 대부분의 경우 그냥 그만둘 뿐이니까.

그래서 그런 경우에는 거래하던 업체에 그 연락처가 남아 있다.

"저보고 소송을 하라고요? 하지만 다른 변호사들은 방법이 없다고 하던데요."

동래돼지국밥의 원래 사장이었던 한정숙은 지친 듯한 얼굴로 말했다.

"그랬습니까?"

"이미 다른 변호사들을 다 찾아다녀 봤죠. 그런데 다 방법이 없다고 했어요."

계약 기간이 끝나자 주인이 나가라고 했는데, 당연히 계약 갱신이 안 되기 때문에 권리금이고 뭐고 아무것도 없이 쫓겨났다는 것이 문제였다.

"확실히 이런 경우는 다른 방법이 없어 보이기는 하죠."

노형진은 고개를 끄덕거렸다.

"하지만 방법이 없다면 제가 오지도 않았을 겁니다. 알아보니 그 자리, 권리금만 2억이 넘더군요."

물론 법적으로 권리금이 인정되지 않는 것은 사실이다.

하지만 그건 법적인 부분이고, 거기서 장사를 하는 사람 입장에서 권리금은 자신의 인생이 걸린 돈이다.

"물론 강제하는 건 결코 아닙니다. 제가 도와드리고자 하는 것에는 저희 새론의 개인적인 욕심이 있는 것도 사실이고요."

노형진이 말을 했지만 한정숙의 시선은 무태식에게 향해 있었다.

어찌 보면 당연한 일이다.

그가 아는 사람은 노형진이 아니라 무태식이니까.

"뭐, 단골 입장에서 말씀을 드리자면, 노형진 변호사님이 거짓말을 하는 사람은 아니거든요."

"하지만……."

그녀라고 왜 억울하지 않았겠는가?

이미 다른 변호사들을 만나서 많은 이야기를 했다.

하지만 다들 고개를 흔들었다.

법적으로 모든 권한이 주인에게 있기 때문에 이길 수가 없다는 것이다.

"그러면 제가 거기서 장사를 다시 할 수도 있는 건가요?"

작은 희망을 가지고 묻는 한정숙.

하지만 노형진은 고개를 흔들었다.

목적이 분명하다 하나 거짓말을 할 수는 없으니까.

"법적으로 거기서 장사를 하실 수는 없습니다. 물론 새로운 임대차계약을 하신다면 모르겠지만요."

"그러면……."

무슨 소용이 있단 말인가? 이미 그녀는 나왔는데.

"하지만 그들이 거기서 장사를 못 하게 할 수는 있습니다."

"네?"

"정확하게는, 그들이 무슨 짓을 하려고 하는 건지 아니까 그 수익을 내지 못하게 한다는 게 맞는 말이겠지요."

"무슨 짓……?"

"그들이 원하는 건 권리금입니다."

장사가 잘되는 맛집으로 소문난 동래돼지국밥.

권리금이 최소 2억이 넘고 좀 호구를 만난다면 3억 넘게 받을 수도 있다.

"그걸 못 받게 할 수는 있지요. 이긴다? 이긴다는 표현보다는 무태식 변호사에게 말했다시피 같이 죽자는 표현이 맞겠네요."

"같이 죽자……."

한정숙은 입술을 깨물었다.

그녀는 억울해서 잠도 못 자고 불면증에 시달리고 있었다.

그런데 그들은 자신의 돈을 그렇게 날로 집어삼키려고 한다는 사실에 눈에서 피눈물이 날 지경이다.

"그거라도 상관없어요. 제가 흘린 눈물만큼 그쪽도 피눈물을 흘리게 해 주세요."

노형진은 고개를 끄덕거렸다.

"그러면 저희한테 위임을 해 주시면 됩니다. 여사님이 고통스러웠던 것 이상으로 그들의 눈에서 피눈물이 나게 해 드릴 테니까요. 후후후."

⚖️

사건 자체는 너무나 뻔했다.

예상대로라고 해야 하나?

"역시 주인이 바뀌었네."

가게의 주인만 바뀐 것이 아니었다.

아예 건물주가 바뀌었다.

동래돼지국밥이 그 자리에서 장사를 한 기간은 무려 20년.

그 전 건물주는 한정숙보다 나이가 많은 노인이었다.

"그리고 그분이 돌아가시면서 그 건물을 딸 내외가 물려받았다."

그 딸이 아마도 그날 자신들에게 주인이라고 온 사람일 가능성이 높다.

"그리고 계약 기간이 끝난 후에 갱신은 없다고, 나가라고 했다 이거군."

"도대체 왜 그러는지 이해가 안 가네요. 한정숙 여사님이 거기서 영업을 못 한 것도 아니고, 그렇다고 월세가 밀린 것도 아니고."

무태식은 이해가 안 간다는 듯 말했다.

세입자는 아무런 잘못도 없는데 나가라고 한다니?

보통 그런 경우는 없다.

대개 월세를 올려 달라고 했다가 협의가 안 되어서 나가는 거면 모를까, 지금처럼 아예 계약 갱신 의사가 없으니 나가라고 하는 경우는 상당히 드문 편이다.

"물려받았잖습니까? 그게 문제인 거죠."

"네? 그게 문제라뇨?"

"서울 한복판에 건평 100평짜리 8층 건물입니다. 대로변은 아니라고 하지만, 상속세가 얼마나 많이 나올까요?"

"아, 그러네. 상속세."

이 정도 재산이면 50% 정도 상속세가 나올 텐데, 그걸 현금으로 내야 한다.

물론 그 정도 빌딩을 물려받으면서 그 돈이 아깝냐고 하는 사람이 있을 수도 있겠지만, 정작 그 돈을 내야 하는 입장에서는 아까워서 피눈물이 날 수도 있는 금액이다.

"그러니 권리금을 빼앗을 방법을 찾으려고 하겠지요."

노형진은 그렇게 말하면서 건물에 있는 가게들을 바라보

았다.

그 건물에 있는 가게만 무려 스물세 곳.

크기는 다양하지만 대부분 오래된 가게들이다.

그리고 그곳에서 버틴다는 것 자체가 어느 정도 안정적으로 자리 잡고 운영된다는 의미이고 말이다.

"한 가게당 권리금을 2억만 잡아도 46억입니다. 그리고 그 정도면 상속세를 충당하고도 남죠."

시작이 한정숙의 돼지국밥집일 뿐, 나머지 가게들도 마찬가지 과정을 거칠 거라는 거다.

"그런데 이거 어떻게 하시려고요? 아무리 생각해도 이건 돈을 못 받는데."

권리금은 주인이 책임지지 않는 돈이다.

그 돈을 주인에게 준 것도 아니고 전 가게 사용자에게 내준 돈이니, 주인 입장에서는 그걸 줄 의무도 없고 말이다.

"거기서는 장사 안 한다니까요."

노형진은 씩 웃었다.

"하지만 권리금이 없으니 우리의 권한은 아직 살아 있지요, 후후후."

⚖️

"뭐야, 이건?"

건물주이자 이제 가게의 주인이 된 정정아는 자신을 찾아온 남자들이 내놓은 서류를 보고 눈을 찌푸렸다.

"이게 뭐죠? 지금 장난해요?"

"장난하는 게 아닙니다. 정당한 주인으로서 그 권리를 행사하는 겁니다."

"주인? 주인? 지금 가게 주인은 나야!"

버럭 소리를 지르는 정정아.

지금 이 가게를 운영하는 건 그녀다.

그런데 그녀 앞에서 웬 주인 타령?

"제가 그에 대해 뭐라고 했습니까?"

노형진은 그걸 부정하지는 않았다.

그녀가 가게 주인이고 그녀가 건물주다. 그건 부정할 수 없는 사실이다.

"하지만 그렇다고 해도 그 가게 전부가 당신 것인 건 아니죠."

"뭐라고?"

"당신이 소유한 가게의 지분은 그 가게의 건물입니다."

가게의 바닥과 천장 그리고 입구. 그건 부정할 수 없는 그 사람의 것이다.

"하지만 그 외의 내부 시설은 당신의 것이 아니죠."

"뭐라고?"

"계약이 종료된 거지 내부 집기의 소유권이 넘어간 건 아니거든요."

노형진이 내민 서류. 그건 다름 아닌 내부 집기 반환 청구 소송 서류였다.

물론 소장이기는 하지만 아직 소송이 진행된 것은 아니고 공식적으로 소송을 하기 전에 합의를 위해 찾아온 것이다.

"냉장고에서부터 테이블, 싱크대까지 모두 전 주인이자 세입자인 한정숙 씨의 물건이죠. 그건 건물의 임대계약과 전혀 상관없는 물품들이고요."

건물에 부속된 것도 아니고 건물주에게서 산 것도 아니다.

제삼자를 통해 구입해서 설치한 것들이다.

'보통 계약이 해지되어서 나가는 사람은 그냥 두고 나가지.'

그럴 수밖에 없는 게, 그걸 철거하는 데 더 돈이 많이 들기 때문이다.

물론 중고로 팔 수 있는 물건들, 가령 대형 냉장고 같은 것들은 그래도 팔고 나가는 사람이 있지만 다른 집기들은 팔리지도 않을뿐더러 그걸 버리는 쓰레기 처리 비용이 더 많이 들기 때문에 그냥 두고 나온다.

'그래서 보통은 건물주들이 원상 복구의 의무를 서류에 꼭 넣지.'

물론 이 경우에도 원상 복구의 의무가 들어 있다.

하지만 정정아는 그냥 두고 나가라고 했다.

그래야 자기가 계속 장사를 할 수 있으니까.

"그걸 돌려 달라는 것뿐입니다만."

"미친년!"

정정아는 표독스러운 눈빛으로 말했다.

"못 돌려줘! 그 늙은 년이 뭐라고 했는지 몰라도, 버리고 갔으면 끝 아니야?"

"버리고 간 적 없습니다."

노형진은 느긋하게 말했다.

어차피 예상한 반응이다.

정정아가 순순히 넘겨줄 이유가 없었다.

애초에 넘겨줄 사람이었으면 이런 짓도 하지 않는다.

"어쨌든 그렇게 말씀하신다면 저희는 소송을 진행할 수밖에요."

노형진은 씩하고 웃었다.

"물론 저희도 나름대로 그것 말고도 방법을 써야 합니다만, 후회 안 하시겠어요?"

"후회? 웃기지 마! 누가 후회한다는 거야! 후회는 너희가 하겠지!"

노형진은 고개를 끄덕거렸다.

"그러면 법원에서 보죠, 여러모로."

⚖

노형진은 그들을 고발했다.

고소가 아닌 고발, 즉 형법적인 처벌을 하려고 한 것이다.

그리고 그 죄목은 다름 아닌 점유이탈물횡령죄.

"점유이탈물횡령죄라니! 이게 말이나 됩니까? 형사님, 이건 진짜 아닙니다!"

정정아는 억울한 듯 외쳤지만 형사 입장에서는 머리를 흔들 수밖에 없었다.

"이건 빼도 박도 못해요."

"아니, 그 인간이 버리고 간 거라니까요!"

"그 사람이 버렸다는 증거가 없잖아요?"

"그러면 가지고 갔어야지요!"

"두고 가라고 했다면서요?"

"그건 그런데, 그러면 저한테 준 거 아닙니까?"

"허허, 거참."

답이 없다는 듯 고개를 흔든 경찰은 정정아의 옆에 앉아 있는 변호사를 바라보았다.

다급하게 불려 온 변호사는 한숨만 푹푹 쉬고 있었다.

"변호사님, 이거 설명 좀 해 드려 봐요."

"설명요? 무슨 설명요! 김 변호사님! 이게 제 잘못입니까? 제 잘못이에요?"

억울한 듯 외치는 정정아에게 김 변호사는 고개를 끄덕거렸다.

"네. 이 경우는 거의 100% 점유이탈물횡령죄에 해당합니다."

점유이탈물횡령죄란 원주인의 관리를 떠난 물건을 타인이 습득하여 그 소유권을 가질 목적으로 움직였을 때 성립되는 범죄다.

"그리고 이 경우가 딱 그런 상황이고요."

그릇이나 집기가 전 주인인 한정숙의 관리에서 벗어난 것은 맞다.

하지만 그걸 정정아에게 준 적도 없고 정정아가 그걸 산 적도 없다.

"버렸다니까요!"

"그러니까 그걸 입증할 방법이 없지 않습니까?"

그녀 말대로 버린 거라면 버렸다는 것을 입증할 수 있는 서류를 제출하거나 아니면 대량의 쓰레기를 버린다는 신고 같은 걸 해야 한다.

하지만 한정숙은 집기를 놓고 갔을 뿐 단 한 번도 그에 대해 이야기한 적은 없었다.

"아놔, 미치겠네."

정정아 입장에서는 미치고 환장할 노릇이다.

기본적으로 권리금이라는 것은 그곳에서 장사가 잘되어야 높아진다.

그런데 소송이 걸리고 그릇과 냉장고를 사용할 수 없게 되자 당연하게도 손님을 받을 수가 없게 되었고, 그 결과 영업역시 멈춰 버렸다.

당연히 그런 경우 권리금은 터무니없이 낮아진다.

"아이고, 반갑습니다."

그 순간 들어오는 노형진.

그의 모습을 본 정정아의 눈이 뒤집어졌다.

"여기가 어디라고 기어들어 와!"

"아줌마! 여기 아줌마 안방 아니에요!"

그런 정정아의 행동에 결국 경찰이 버럭 소리를 질렀다.

자신이 아무리 설명하고 좋게 합의하라고 해도, 심지어 변호사의 말조차도 들은 척도 하지 않는 그녀의 행동에 화가 난 것이다.

"여기가 경찰서지 아줌마 안방입니까!"

"그건……."

"노 변호사님은 왜 오신 겁니까?"

정정아의 입을 다물게 한 경찰은 이번에는 노형진을 보고 물었다.

지금까지 봐 온 노형진, 그가 만면에 미소를 띠고 경찰서로 들어왔을 때 머리가 안 아픈 적이 없었으니까.

"아니, 제가 법리를 오해해서요."

"오해? 노 변호사님이요?"

다른 누구도 아닌 노형진이 법리를 오해했다고?

경찰은 말도 안 된다는 얼굴로 노형진을 바라보았다.

다른 변호사들은 가끔 그러지만 그는 그럴 것 같지 않았으니까.

"거봐! 내 말 맞죠? 내 말이 맞죠?"

노형진이 실수했다고 하자 신이 나서 외치는 정정아.

하지만 그 옆에 있는 변호사는 미심쩍은 얼굴이 되었다.

'이럴 리가 없는데?'

오해 같은 건 없었다. 법리적으로 노형진이 말한 건 맞다.

그런데 잘못 알았다고?

"잘못 아신 건 없는 것 같은데요."

경찰의 말에 노형진은 싱긋 웃으며 다른 걸 건넸다.

새로운 고발장이었다.

"생각해 보니까 점유이탈물횡령이 아니라 공갈이라더라고요."

"공갈요?"

"아니, 무슨 소리야! 공갈이라니!"

공갈과 점유이탈물횡령은 그 처벌의 수위가 전혀 다르다.

점유이탈물횡령죄의 처벌은 1년 이하 징역이나 300만 원 이하 벌금 또는 과료다.

하지만 공갈의 경우는 10년 이하의 징역 또는 2천만 원 이하의 벌금이 된다.

"내가 언제 공갈을 했다고 하는 거야!"

"어라? 제가 분명 들었는데요, 놓고 가라고 하셨다고."

"그런데?"

"그게 공갈입니다."

"뭐?"

"그걸 사용할 목적으로 놓고 가라고 한 것 자체가 공갈이라고요."

만일 그 말이 아니었다면 한정숙은 중고 물품으로 팔아서 어느 정도 금액은 되찾을 수 있었을지도 모른다.

하지만 정정아가 그냥 다 놓고 가라고 하기도 했고, 어차피 가지고 가 봐야 돈이 안 되고 원상 복구를 하려면 그 공사비가 더 들기 때문에 한정숙은 놓고 갔다.

'하지만 존재하지 않는 가상의 손실은 법원에서 인정하지 않지.'

오로지 범죄로 인해 얻은 이익만을 따진다.

"타인에게 물건을 놓고 가도록 강제로 요구하고 그로 인해 상대방이 어쩔 수 없이 재산을 놓고 간다. 그럼 그게 점유이탈물횡령은 아니죠, 공갈이지."

"아……."

변호사는 말문이 막혔다.

물론 그 당시 대화의 방식이 어떤지가 중요한 요소일 테지만, 지금 자신이 본 정정아의 스타일로 판단해 보면 합의에 의해 놓고 가라고 했을 가능성은 없다.

분명 강제로 놓고 가라고 했을 텐데, 그 말은 공갈죄가 성립한다는 것이다.

'그런데 왜 귀찮게 바로 공갈로 안 넣고…….'

변호사의 시선이 문득 경찰에게 향했다.

분명 정정아는 자신이 놓고 가라고 했다고 경찰에게 진술했다.

만일 처음부터 공갈죄로 넣었다면?

절대 그런 진술을 하지 않았을 것이다.

하지만 이미 진술을 했고, 그걸 들은 경찰은 기록에 남길 수밖에 없다.

'허…… 이런 건가?'

절대로 빠져나올 수 없는 함정.

이제 정정아는 빼도 박도 못하고 공갈죄를 적용받게 생겼다.

경찰 앞에서 자신이 놓고 가라고 요구했고, 그래서 상대방이 놓고 갔다고 증언했으니.

"뭐야? 왜 그래?"

아무것도 모르는 정정아는 주위의 눈치가 이상하자 목소리가 작아졌다. 그리고 법에 대해 어느 정도 아는 경찰과 변호사만 그런 그녀를 불쌍하게 바라보았다.

"고소장이 수정되었으니까…… 다시 써야겠네요, 공갈로."

"아니, 무슨 소리야! 나는 공갈한 적이 없다니까!"

정정아는 당황해서 경찰에게 따졌다.

그리고 변호사는 깔끔하게 자리에서 일어났다.

"변호사님?"

"이건 아무래도 제 능력 밖의 일인 것 같네요."

이미 답이 나온 사건이다.

이걸 변호한다는 것 자체가 쉬운 일이 아니다.

더군다나 비용도 얼마 안 되는 사건으로 괜히 노형진과 싸워 가면서 속 썩고 싶은 생각이 없는 변호사는 마음을 굳혔다.

"어차피 저는 경찰에서 피고인 방어용으로 부른 국선이니까 정식으로 변호사를 선임하는 걸 추천해 드립니다."

"자…… 잠깐만요! 변호사님, 그게 무슨 말씀이세요?"

"말 그대로입니다. 이 상황에서는 제가 어떻게 해 드릴 만한 게 없네요."

정정아는 얼굴이 사색이 되었다.

이제야 일이 잘못되어 가고 있다는 것을 알아차린 것이다.

하지만 이미 경찰은 어쩔 수 없다는 듯 조서를 쓰고 있었다.

"이름부터 다시 시작하죠."

⚖️

정정아가 반쯤 혼이 나간 얼굴로 건물로 돌아가고 있을 때 그녀의 눈에 보인 것은 가게에서 냉장고와 몇 가지 용품을 가지고 가는 사람들이었다.

"아니, 당신들 뭐야! 지금 뭐 하는 거야!"

그들은 주류 냉장고와 음료 냉장고 그리고 소주잔과 물컵 그리고 정수기 같은 걸 챙겨서 나오는 중이었다.

"누구세요?"

"누구냐니? 나 여기 주인이야! 그런데 뭐 하는 거야! 이거 절도야, 절도!"

물론 공갈로 처벌받게 생겼다고 생각했지만 그래도 그녀는 아직 이 가게가 자신의 것이라 생각했다.

하지만 현실은 그렇지 못했다.

"아, 새 주인이시구나."

"그래! 나 새 주인이다! 너희 뭐야!"

"저희, 주류 회사 직원인데요."

"주류 회사 직원?"

"네."

그들은 어깨를 으쓱했다.

"저희가 지원한 물품을 가지고 가는데요."

"지원한 물품?"

"네. 지원 품목이 있는 거 모르셨어요?"

지원 품목이란 법적으로 지원하는 것을 허락하는, 일종의 서비스 같은 거다.

주류나 음료수를 유통하는 회사에서 고객을 유치하기 위해 지원해 주는 품목들.

보통 주류 냉장고나 음료 냉장고, 물컵, 물통 같은 것들이다.

가게에서 팔아 주는 술의 양이 워낙 많다 보니 한 곳에라도 더 납품해야 하는 그들 입장에서는 가게에 이것저것 지원해 줘서라도 납품을 하는 쪽이 이득이니까.

"그런데 이거 뭐 하는 거냐고!"

"뭐 하는 거긴요. 계약이 끝났으니 회수하는 거죠."

"회수?"

"네."

만일 정정아가 한정숙이 거래하던 회사와 거래를 했다면 문제가 되지 않았을 것이다.

하지만 정정아는 다른 회사와 거래를 했고, 당연하게도 이들은 자신들이 지원해 줬던 물건을 회수해 갈 수밖에 없다.

"누구 마음대로!"

"누구 마음대로가 아니라 계약 조건이 그래요."

정정아는 입을 쩍 벌리고 가게 안을 바라보았다.

바닥에 놓여 있는 음료수와 술.

당연히 있어야 하는 소주잔과 음료수 잔조차도 없는 가게.

"이이이익!"

"저희도 어쩔 수가 없네요."

직원들은 물건들을 가지고 나가 버렸고, 정정아는 반쯤 정신이 나간 얼굴로 바닥에 주저앉았다.

⚖️

"일단 영업은 막았습니다."

노형진은 한정숙에게 사건 경위를 보고하면서 살짝 미소 지었다.

"제대로 된 게 없으니 영업은 불가능할 겁니다."

그리고 영업도 안 하는 가게에 수억씩 권리금을 주고 들어오려고 하는 사람은 없다.

"그리고 권리금의 세계에서 중요한 건 다름 아닌 지난 매출이죠."

권리금이라는 것이 붙인다고 다 주는 게 아니다.

지난 몇 달간의 수익을 기준으로 그게 합당한지를 판단한다.

보통은 6개월간의 총수입을 권리금이라고 생각한다.

물론 장사가 잘되는 곳은 그 기간이 상당히 길어지는 경향이 있다.

이번 경우도 그렇고.

"하지만 그건 어디까지나 영업이 제대로 이루어질 때의 이야기죠."

집기도 못 쓰고 냉장고도 못 쓰고 지원 물품도 없으니 당연히 영업은 물 건너가고, 그렇게 가게가 아예 쉬어 버리면 권리금은 기하급수적으로 떨어진다.

단순히 평균의 문제가 아니라, 그 가게가 생명력이 다해서 망해 간다고 볼 수도 있기 때문이다.

"허, 전 상상도 못 했습니다. 그릇하고 냉장고의 소유권을 주장하실 줄은⋯⋯."

"만일 그 사람이 한정숙 씨를 내보내고 다른 사업을 하려고 했다면 저로서도 방법이 없었을 겁니다."

그건 불법도 아니니 다른 사업을 하려고 했다면 도리어 정정아는 한정숙에게 계약에 따라 원상 복구를 요구했을 테니까.

"하지만 이번에는 그게 아니었으니까요."

그녀는 한정숙을 내쫓고 그 가게를 비싼 권리금을 받고 팔려고 했다.

그 덕분에 이번 작전이 가능하게 된 것이다.

"일단 정정아는 처벌은 면하지 못할 겁니다. 운이 좋으면 공갈, 아무리 운이 나빠도 점유이탈물횡령죄는 확정적이죠."

"그렇다고 해도……."

한정숙은 목소리에 힘이 없었다.

너무 화가 나서 시작한 일이기는 하다.

하지만 고작 그걸로 자신의 분노가 잦아들진 않을 것 같았다.

"압니다. 이 정도로는 부족하다고 생각하시겠죠. 저도 그렇게 생각합니다."

말이 법적으로 문제가 안 된다는 것뿐이지, 명백하게 이건 남의 돈을 빼앗는 행위다.

물론 건물주의 권리를 부정하는 것은 아니다.

누군가 더 많은 돈을 주고 들어온다고 하면 새로운 사람을 받는 것은 건물주의 권한이다.

하지만 정정아는 그게 아니라 한정숙의 가게를 통째로 빼앗으려고 했다.

"그런 것만 막아도 건물주들의 장난은 많이 줄어들 겁니다."

"그런데 그런다고 해서 가게가 사라지는 건 아니잖아요."

문제는 권리금이다.

그 자리는 국밥집으로 소문이 파다하게 났다.

그러니 그 자리를 인수하려고 하는 사람은 분명 존재할 것이다.

"물론 그렇지요. 그 자리에서 가게가 잘되었고, 인터넷에 소문이 파다하니까요."

당장 인터넷에 서울 동래돼지국밥이라고 찾아보면 강력 추천이라는 글이 넘쳐 난다.

그러니 그걸 보고 찾아오는 사람은 분명 존재할 것이다.

"하지만 상호가 다르면 상황이 달라지죠."

"하지만 간판이 이미 달려 있는데요."

노형진은 피식 웃었다.

"그래서 제가 상호 이야기를 꺼낸 겁니다."

"네?"

"다른 사람이 같은 자리에 같은 업종의 가게를 연다는 건 결국 상호가 바뀐다는 거죠. 그런데 그들은 기존 간판을 그냥 쓰고 있죠."

그래야 더 많은 손님들이 올 테니까.

그래야 착각을 한 호구가 거기를 비싸게 살 테니까.

"그리고 제가 고작 그릇 몇 개 찾아오겠다고 소유권을 요구한 건 아닙니다."

"그러면?"

"간판 역시 주인이 달아 준 건 아니지 않습니까? 후후후."

"인사하세요. 여기는 간판 중고 거래 업자입니다."

"중고 거래? 아니, 무슨 간판을 중고 거래를 해?"

사람들은 잘 모르는 사실 중 하나.

간판 역시 중고 거래가 된다는 것이다.

물론 모든 간판이 다 되는 것은 아니다.

특수 제작이나 아니면 글자가 돌출된 간판 같은 건 재활용에 한계가 있다.

하지만 그렇지 않은 간판, 예를 들어 가장 널리 쓰이는 내부에 등을 넣고 천으로 덮어서 만드는 간판의 경우에는 천만 바꾸면 되기에 충분히 재활용이 가능하다.

딱 이 집처럼 말이다.

"이 정도면 30만 원 정도 드릴 수 있겠네요."

"아니, 그게 무슨 소리야! 여기는 우리 가게야! 내 가게라……."

목청껏 소리치던 정정아의 목소리가 점점 작아졌다.

자신을 물끄러미 바라보는 노형진의 시선을 느꼈기 때문

이었다.

"누가 뭐랍니까? 하지만 이 간판은 정정아 씨가 설치한 게 아니잖아요?"

당연하게도 간판에 대한 권한은 아직 한정숙에게 있다.

"그래서, 이것도 빼앗으시려고요?"

"……."

정정아는 이를 악물었다.

안 그래도 새로 고용한 변호사로부터 이건 못 이긴다며 벌금 몇백 정도는 각오하라는 소리를 들었다.

판사는 바보가 아니니 정정아가 뭘 노리는지 알 테고, 그걸 좋게 보지는 않을 거라면서 말이다.

'젠장.'

정정아는 속이 쓰러졌지만 어쩔 수가 없었다.

"그래! 가져가라, 가져가!"

"가지고 가세요."

노형진은 고개를 끄덕거렸다.

그리고 간판 업자는 바로 그걸 떼어 갔다.

이제는 간판조차도 없는 가게.

그걸 팔기는 요원할 것이다.

"내가 이런다고 너희들을 다시 들어오게 해 줄 것 같아!"

"무슨 말씀을? 저희는 들어올 생각이 없습니다만."

노형진은 히죽 웃으며 정정아에게 말했다.

"계속할까요?"

"해 봐! 어디까지 가나 보자!"

목소리에서 느껴지는 건물주라는 자존심 그리고 자신감에, 노형진은 고개를 끄덕거렸다.

"원하신다면."

노형진은 저쪽에서 걸어온 싸움을 피할 생각이 전혀 없었다.

올바른 경쟁

노형진이 간판을 떼어 낸 것은 그 간판을 가지고 진짜로 뭔가를 하기 위함이 아니었다.

사실 중고 간판이라는 것 자체가 그다지 돈이 되는 것도 아니고 말이다.

그럼에도 불구하고 그걸 굳이 떼어 낸 것은 정정아가 움직이게 만들기 위해서였다.

"야, 이 쌍년 봐라. 어이가 없네."

무태식은 새로 붙은 간판을 보면서 혀를 끌끌 찼다.

새로 뽑은 간판은 늘씬하고 화려해서 이쁘기는 했지만 전반적으로 오래되고 허름했던 국밥 디자인에는 왠지 안 어울렸다.

"그런데 그 이름을 그대로 올리네요?"

간판에 써 있는 이름 '동래돼지국밥', 그러니까 과거에 있던 가게 이름을 그대로 가져다 쓴 것이다.

"저들은 가게를 권리금을 받고 팔아야 하니까요."

유명한 건 동래돼지국밥이지 다른 이름이 아니다.

요즘은 인터넷이 다 되는 핸드폰을 들고 다니니 같은 자리라고 해도 이름이 다르면 손님들이 오지 않을 게 뻔하다.

"제가 노리는 게 그거죠."

저들이 다른 이름을 쓸 리가 없다.

"그리고 딱 걸린 겁니다, 부정경쟁방지법에."

부정경쟁방지법이란 사람들을 속이는 것을 막기 위해 만들어진 법이다.

상대방을 속일 목적으로 수량이나 질 같은 걸 속이는 것뿐 아니라 상호 등을 비슷하게 하는 것도 걸린다.

"다행히 한정숙 씨가 아직 폐업 처리를 하지 않았단 말이죠."

그 덕에 동래돼지국밥이라는 이름에 대한 권한은 아직 그녀에게 있다.

"요즘 이름값 무서운 줄 모르는 분들이 참 많단 말이에요, 후후후."

노형진은 화려한 간판을 보면서 슬쩍 미소를 지었다.

"이 아줌마 또 왔네."

경찰은 어이가 없어서 바라보았다.

"아니, 내가 뭘 어쨌다고요?"

"어쩌긴요. 이거 부정경쟁방지법 위반인 거 몰라요?"

"무슨 개소리예요!"

"똑같은 자리에서 똑같이 상호를 걸면 당연히 걸리지, 이 아줌마야!"

사실 이런 부정경쟁방지법 같은 경우는 대부분의 사람들이 잘 모른다. 그럴 수밖에 없는 게, 워낙 전국에 비슷한 상호의 가게들이 널려 있기 때문이다.

아니, 비슷한 정도가 아니라 아예 같은 상호도 많다.

"말이 되는 소리를 해요! 이미 망한 가게의 상호라고요!"

"그건 어디까지나 이 건물에서 나간 거지 영업 자체가 망한 건 아닙니다."

노형진이 나타나서 말을 꺼내자 정정아의 얼굴은 사정없이 일그러졌다.

"또 당신이야?"

"그러면 또 저지 누구겠습니까?"

노형진은 웃으며 그녀에게 다가갔지만 정정아는 배알이 뒤틀려서 죽을 것 같았다.

"아니, 망한 가게 상호잖아!"

"하지만 사업자는 살아 있지요. 동종의 사업을 할 경우 그 권한은 정정아 씨가 아니라 한정숙 씨에게 있습니다."

노형진은 추가 자료를 내면서 말했다.

"사업체의 생명력은 등록되어 있는 이상 영원하거든요."

"무슨 개소리야! 전국에 같은 이름이 얼마나 많은데!"

"그건 그렇죠."

당장 두한이니 대룡이니 하는 이름이 붙어 있는 곳은 많다.

하지만 사람들은 헷갈리지도 않고 같은 곳이라고 생각하지도 않는다.

특정성으로 삼을 수가 없기 때문이다.

"그런 가게들은 특정성을 가지지 않거든요."

가령 서울에 두한갈비가 있다고 해서 그 갈비집이 두한에서 운영하는 갈비집일 가능성은 0%다.

그랬다면 이미 벌써 소문이 났을 테고 두한이라면 분명 체인화시켰을 테니까.

반대로 가장 유명한 마포갈비의 경우, 체인도 아닌데 전국에 마포갈비라는 이름은 넘쳐 난다.

하지만 그것도 문제가 안 된다.

체인화된 업체도 아닌 데다가 특정 지역의 마포갈비가 다른 곳을 압살할 정도의 지명도를 가진 것도 아니기 때문이다.

쉽게 말해서 그 지역에서만 통용되는 경우 그건 문제가 안 된다.

"하지만 이 경우는 확실하게 문제가 되지요."

동래돼지국밥이라는 타이틀은 전국에 단 네 개뿐.

그런데 세 개는 남쪽에 몰려 있고, 서울 경기 쪽에는 딱 한 곳만 있다.

바로 한정숙이 운영하던 국밥이다.

"그리고 이곳은 다른 곳을 압살하는 지명도를 가졌죠."

영업 기간만 23년.

인터넷에서 동래돼지국밥이라고 치면 가장 먼저 나오는 곳이 여기고 가장 많이 나오는 것도 여기다.

다른 지역에 있는 가게는 그 지역 이름을 넣지 않으면 아예 이름이 안 뜬다.

"하지만 여기는 전국 어디서든 동래돼지국밥이라고 치기만 하면 나오죠. 이미 특정성을 얻은 상황입니다. 그런데 그곳에서 기존 세입자를 내쫓고 거기에다 똑같은 이름의 가게를 열었죠. 그러니 당연히 걸리죠."

정정아는 눈을 데굴데굴 굴렸다.

노형진은 그걸 보고 피식 웃었다.

'그래, 모를 리가 없지.'

이번 사건을 위해 변호사를 이미 산 걸 알고 있다.

그 변호사가 병신이 아닌 이상에야 이런 문제에 대해 조언을 안 해 줬을 리가 없다.

그러면 둘 중 하나다.

들었어도 모른 척했거나, 아니면 아예 물어보지도 않았거나.

어느 쪽이든 결국 그녀가 자초한 일이다.

"그리고 아예 거짓말도 하셨고요."

"거짓말?"

"수사관님, 새로운 고발장입니다."

"고발요? 고소가 아니고요?"

고소와 고발은 다르다.

고소는 범죄의 피해자인데 해당 범죄행위에 대해 조사해 달라는 거고, 고발은 제삼자가 범죄행위가 이루어지고 있으니 그에 대해 조사해 달라고 하는 거다.

그런데 고소가 아니라 고발이라고?

"무슨 고발인데요?"

"상표법 위반요."

"상표법 위반?"

수사관은 자신도 모르게 정정아를 바라보았다.

지금 노형진이 여기에 올 이유는 그것뿐이니까.

"아니, 사…… 상표가 어때서?"

노형진은 씩 웃었다.

"가게 이름이 뭐라고요?"

"동래돼지국밥!"

"아니죠. 말은 똑바로 하셔야지요."

구청이 바보가 아닌 이상에야 같은 건물, 같은 주소에 같은 이름으로 허가를 내줄 리가 없다.

그건 불법이니까.

"당신네 가게 이름은 동래돼지국밥이 아니라 원조동래돼지국밥이죠."

"허어, 이 아줌마 좀 보게?"

뻔하다. 허가는 다른 이름으로 냈지만 상호를 빼앗아야 하니 간판에서 '원조'라는 이름을 뺄 것이다.

"상표법상 상호나 상품의 이름을 바꿔 다는 것은 불법이죠."

하지만 그걸로 인해 한정숙이 피해를 입진 않으니 고소가 아닌 고발이 되는 것이다.

"아, 아니…… 난 그걸 모르고……."

'모르기는 개뿔.'

그런 식으로 변명하기에는 그녀가 저지른 범죄가 너무나 많았다. 경찰은 긴 한숨을 내쉬었다.

"이 아줌마, 간땡이가 부었네. 도대체 전과를 몇 개나 달고 싶어서 그래요?"

"난 몰랐다니까요!"

"아니, 그건 전 모르겠고."

경찰은 손을 키보드 위에 올렸다.

"이름."

"아주 입술이 바짝바짝 탈 거다."

무태식은 키득거리면서 웃었다.

물론 행동 하나로 두 개의 처벌을 받지는 않는다.

하지만 일이 이쯤 되면 당연히 민사소송은 기본으로 깔고 들어간다고 봐야 한다.

돈은 돈대로 나가고 벌금은 벌금대로 내고 전과는 전과대로 달게 되었으니 그쪽이 피가 안 마를 수가 없다.

"이쪽은 본격적으로 시작도 하지 않았지만 말이죠."

노형진은 피식 웃으며 다음 서류를 챙겼다.

"중요한 건 그들이 그곳을 못 팔게 하는 겁니다. 그게 가장 중요하죠. 그래야 그들의 욕심을 꺾을 수 있으니까요."

당연하게도 이 모든 과정은 해당 건물의 세입자들에게 알려 줄 것이다.

그래야 자신들이 나서지 않아도 세입자들이 눈텡이를 맞는 것을 방지할 수 있으니까.

"내일은 부당이득 반환 청구 소송을 진행할 겁니다."

결국 한정숙이 놓고 간 모든 집기들을 정정아가 갈취한 것으로 판결이 났다.

그건 당연한 것이었다.

스스로가 그걸 놓고 가라고 겁박한 걸 이미 증언했으니까.

"그리고 그곳에 있는 집기들은 이제 정정아 씨의 물건이 아니라 한정숙 씨의 물건이죠."

그리고 그걸 돌려받아야 한다.

그러나 사실 그것도 함정이다.

노형진이 그걸 돌려 달라고 하는 게 아니라 부당이득 반환 청구 소송을 하는 가장 큰 이유, 그건 상대방에게 최대한 타격을 주기 위해서다.

"재판에 들어가면 아마 그쪽 얼굴이 참 볼만할 겁니다, 후후후."

정정아는 미칠 노릇이었다.

가게를 빼앗기 위해 그렇게 공을 들였는데, 가게를 빼앗기는커녕 도리어 전과만 잔뜩 생길 판이다.

안 그래도 어마어마한 상속세 때문에 죽을 맛인데 벌금까지 내야 하니 돈이 쪼들렸다.

가장 큰 문제는 국밥집을 어떻게 할 수가 없다는 것이었다.

"여보, 이거 어떻게 하지? 이거 우리가 권리금을 달라고 할 수가 없을 것 같은데."

정정아의 남편도 머리가 아픈 듯 절레절레 고개를 흔들었다.

"이거 우리가 할 수 있는 것도 아니고, 그렇다고 집기를 새로 사서 넣을 수도 없잖아."

　일단 음료 냉장고와 주류 냉장고가 없는 상황이기 때문에 그들 입장에서는 영업을 하려고 해도 할 수가 없었다.

　거기에다 권리금을 받기 위해서는 그곳이 장사가 잘되어야 하는데, 당장 영업을 하지 못하고 있으니 불가능하다.

　강남 한복판에 실평수 50평짜리 가게라면 그 가겟세가 얼마나 많이 나오는지 사람들은 상상도 못 한다.

　그런데 그걸 영업을 못 하고 그냥 비워 두고 있어야 한다니.

　"어쩌겠어. 그냥 세놓읍시다, 여보."

　"하지만……."

　"손님이 점점 떨어져. 그리고 음식 하는 것도 피곤하고."

　손님은 안 오는데 인건비는 계속 나간다.

　음식을 만들어서 팔자니, 자신들은 음식을 할 줄 모른다.

　인터넷에서 찾아서 어떻게든 흉내를 내 보려고 했지만 심각한 돼지 잡내를 없앨 방법이 없었다.

　거기에다 평생 고생이라고는 안 해 본 이들이 밤새도록 뼈를 끓인다는 것은 너무 힘든 일이었다.

　"알았어요. 가게 내놓을게요."

　권리금이 문제가 아니라 당장 돈이 문제였기에 정정아는 어쩔 수 없이 가게를 내놓겠다고 했다.

　하지만 그들의 그런 시도는 시작과 동시에 막혀 버렸다.

"사모님, 죄송한데 여기는 저희가 못 받아요."

"아니, 무슨 소리예요, 못 받는다니? 거기 계약 끝났다니까요!"

정정아는 부동산 업자의 말에 말문이 막혔다.

부동산 업자는 어떻게 해서든 한 건이라도 계약을 성사시켜야 돈을 번다. 그런데 못 받아 준다니?

"이건 너무 위험한 건이라서요."

"뭐가요? 아니, 뭐가요!"

"그 상가 내부 집기 같은 거요. 그거 사모님 것이 아니잖아요."

"그래서요? 그래서 그거 물려받을 사람을 찾으라는 거잖아요!"

"거참. 사모님, 생각을 해 보세요. 그게 전에 장사하던 동래돼지국밥 아주머니 거인 거 다 압니다."

부동산 업자는 머리를 절레절레 흔들었다.

아니, 사실 다른 경우라면 그냥 모른 척 팔았을 것이다.

그 정도 상가 임대차계약이면 큰 건수니까.

하지만 그건 어디까지나 자기들이 위험하지 않을 때의 이야기다.

"소유권이 확실하게 정해지지 않은 상황에서 팔면, 일이 틀어질 경우 저희가 물어내야 해요. 그런데 그게 한두 푼도 아니잖습니까?"

부동산 업자라는 게 그냥 소개만 해 주고 수백만 원, 수천만 원씩 받아먹는 게 아니다.

그들은 양 당사자 사이에서 중립적으로 중개를 해 주면서 그 대신에 법률적 문제가 생기지 않도록 처리해 주는 업무를 한다.

만일 그냥 소개만 해 주고 수백만 원씩 해 먹는다면 누가 그들에게 가겠는가? 그냥 당사자끼리 거래를 하지.

"저희가 이런 경우에 대비해서 1억짜리 보험에 가입은 되어 있거든요. 그런데 이런 경우에는 일이 틀어지면 1억 가지고는 턱도 없어요."

다른 곳도 아닌 강남이다.

그곳에서 1억 가지고 손해배상은 턱없이 부족하다.

"거기에다 애초에 몰랐으면 모를까……."

"그게 무슨 말이에요?"

"주변에 소문이 파다하게 났어요, 지금."

그 내부 물건에 대한 소유권이 확정되지 않은 상가라는 점에서 문제가 많다.

"거기에다 권리금을 주인한테 주라니요. 그것도 문제구요."

"아니, 내가 하는 가게잖아요!"

"그런데 그게 참 애매해져요."

권리금의 개념은 두 가지다.

첫 번째는 기존에 영업하던 물품에 대한 물품 권리금. 특히 업종을 넘겨받을 경우 적용된다.

그리고 두 번째로는, 그 자리가 장사가 잘되는 경우 그 자리에 대해 넘겨받는 바닥 권리금이 있다.

"그런데 지금 영업하는 게 원조동래돼지국밥이잖아요?"

"그렇지요."

부동산 업자는 머리를 긁적거렸다.

당당한 여자를 보니 갑갑해서였다.

물론 사업을 하다 보면 갑질하는 건물주를 보는 거야 하루이틀 일이 아니지만…….

'그런데 이번에는 제대로 독종을 만났네.'

어쩐지 그는 정정아가 불쌍해 보였다.

"아니, 말을 왜 하다 말아요?"

"아니, 그게요, 바닥 권리금이라는 게 일단 그 자리에서 장사가 잘되는 걸 기준으로 삼는 건데 말이죠, 보통은 최소 1년 정도 기간을 보고 권리금을 정하거든요."

쉽게 말해서 6개월에서 1년 정도 영업하여 장사가 잘되어야 권리금이라는 게 인정된다는 거다.

"그런데 사장님네 가게는 생긴 지 두 달도 안 되었잖습니까?"

"하지만 전에 장사하던 동래돼지국밥이 있잖아요!"

"그게 문제예요. 그건 별개의 업체란 말이죠."

동래돼지국밥과 원조동래돼지국밥은 엄밀하게 말하면 전혀 다른 가게다.

당연하게도 일반적인 권리금 산정 기준에 적합하지 않다. 최소 6개월이니까.

"만일 저희가 이거 세입자한테 고지하지 않으면 저희가 법적으로 책임을 져야 해요. 그 자리가 수억짜리 자리인데……."

"아니, 누가 그래요! 응? 누가 그런 헛소리를 해요!"

정정아는 어이가 없어서 버럭 소리를 질렀다.

자기들이 바로 넘겨받았으니 당연히 권리금은 자기 거라고 생각했다.

그런데 기간이 필요하다는 건 심각한 문제였다.

'최소 6개월? 미쳤어?'

지금도 손님들이 구역질하면서 나가는 판국이다.

그런데 6개월 후? 손님은커녕 파리도 안 날릴 판국이다.

당연히 망해서 나가는 가게에 권리금 비싸게 주고 들어오려고 하는 사람은 없다.

"변호사님이 그러시더라고요."

"변호사님?"

"네, 그 새론인가? 거기서 그렇게 경고를 주더라고요. 이 경고를 듣고도 감추고 중개하면 사기의 종범이라고요."

정정아는 입을 쩍 벌렸다.

"죄송합니다. 저희 입장에서는 권리금은 못 챙겨 드려요.

물론 내놓을 수는 있는데, 그 전에 그 집기에 대한 문제를 해결하지 않으면 저희가 어떻게 해 드릴 수가 없네요."

어깨를 으쓱하는 부동산 업자의 말에 정정아는 머리가 깨지는 것같이 아파 오기 시작했다.

⚖️

"크하하하!"

무태식은 가게 입구에 붙은 걸 보고 크게 웃었다.

'가게 세놓습니다.'라고 붙여 둔 현수막.

전이라면 이게 붙어 있을 자리가 아니었다.

하지만 주변 부동산 업자들을 찾아다니면서 진지하게 경고를 한 덕에 누구도 들어오려고 하지 않았고, 결국 정정아는 직접 거래를 하기 위해 그걸 붙일 수밖에 없게 된 것이다.

"아예 가게가 바뀌었다는 것에 대한 기준이라, 이건 전혀 생각도 못 했네요. 으하하하!"

"관습법이라는 거죠, 후후후."

관습법.

법적으로 만들어진 것은 아니지만 사회 상규상 하나의 규칙으로 인정되어서 통용되는 것이라고 볼 수 있다.

"법과 관습법이 충돌하는 경우에야 법원이 당연히 법을 우선시하지만 관습법이 기존 법과 충돌하지 않는 경우에는 법원도 관습법을 어느 정도는 인정하거든요."

노형진이 그들이 권리금을 받지 못하게 하기 위해 쓴 방법이 그거였다.

관습법상 권리금은 그 영업에 대한 이익의 포기를 기준으로 판단한다.

"하지만 정정아가 가게를 낸 것은 채 2개월도 안 되었죠."

그리고 수익은 가파르게 떨어지고 있다.

"만일 그걸 가지고 소송을 걸면 관습법상 그들은 권리금을 요구할 수가 없죠."

그 자리가 장사가 잘된다는 증거가 없으니까.

"하지만 한정숙 씨가 할 때는 미어터졌는데요."

"그게 중요한 거죠. 권리금에는 그 영업의 전수도 포함되거든요."

가령 어떤 지역에서 권리금을 받고 가게를 통째로 넘긴다면 그 영업에 관련된 모든 것을 넘기는 것이 보통이다.

"하지만 이 경우는 그게 해당이 안 되죠."

법적으로 계약이 끝나서 나간 것뿐이고 영업 정보는 넘긴 적이 없다.

당연하게도 거기서 누군가 새로 오픈한다고 해도 전혀 다른 영업 정보를 가지고 있는 것이기에 과거의 권리금 문제로 충돌하게 된다.

"거기에다 말이죠, 무태식 변호사님도 아시겠지만 음식점은 맛이 아주 중요합니다. 제 아버지가 하시는 말씀 중에 이런 말씀이 있지요. 사람 입처럼 간사한 게 없다."

"맞는 말씀이군요."

아주 미묘하게 달라진 것도 알아채고, 그게 마음에 안 들면 바로 발길을 끊는 것이 사람이다.

맛이 있는 집은 몇 시간이고 줄 서서 먹고 아무리 멀어도 찾아가서 먹는 게 사람이지만, 맛없는 집은 바로 집 앞에 있고 자리가 넘쳐 나도 안 간다.

"전혀 다른 가게라면 그 전 가게의 권리금을 주장할 수는 없죠."

물론 대부분의 사람들은 그런 걸 잘 모르고 '장사가 잘되니까'라는 생각에 인정하지만, 엄밀하게 말하면 사업자가 바뀌고 주인이 바뀌면 그 권리금은 그에게 줘서는 안 된다.

그가 넘겨준 가게가 장사가 잘되리라는 증거는 어디에도 없으니까.

"그리고 대부분은 그걸 잘 모르죠."

물론 들어가는 입장에서는 곤혹스러울 수밖에 없다.

들어가고 싶은데 그걸 달라고 하면 거절할 수가 없으니까.

"하지만 꼭 들어가고 싶은데 달라고 하는 것과 후보로 두고 감안하는 와중에 다른 곳보다 불리한 조건이 생기는 것은 전혀 다르죠."

바보가 아닌 이상에야 상황이 뻔하게 보이는데 거기에 들어가려고 하는 사람은 없을 것이다.

조금만 설명을 들으면 가게 주인이 권리금을 빼앗으려고 하는 거라는 걸 알 테고, 그 자리에 들어가 봐야 나중에 끝이 좋지 않을 거라는 걸 알게 될 테니까 당연히 후보에서 떨어질 수밖에 없다.

"그러니 권리금 장사는 못 할 겁니다."

권리금 장사를 하고 싶다면 그들이 하는 가게가 엄청나게 장사가 잘되어야 할 것이다.

"물론 지금은 가게도 못 하고 있지만요."

노형진은 히죽 웃었다.

"그리고 그들의 다음 행동은 뻔하죠. 아마 물건을 빼라고 할 겁니다."

"물건을 빼라고 할 거라고요?"

"네. 아마 원상 복구 책임 운운하겠죠."

노형진은 어깨를 으쓱했다.

"하지만 우리가 그걸 들어줄 이유는 없죠, 후후후."

⚖️

"당장 원상 복구하세요!"

아니나 다를까, 정정아는 권리금을 받지 못한다는 사실을 알고는 당장 원상 복구하라고 요구하기 시작했다.

어차피 권리금도 받지 못하게 된 이상 당장 세라도 제대로 놓겠다는 생각에서였다.

"싫은데요."

한정숙이 그녀의 눈치를 보면서 어쩔 줄 몰라 하자 노형진은 피식하고 웃었다.

"뭐요?"

"우리가 왜 원상 복구를 합니까?"

"당신들이 영업하다가 나갔잖아!"

"그건 어디까지나 몇 달 전의 이야기죠."

"저기, 변호사님…… 이래도 되는 거예요?"

노형진이 당당하게 나가자 한정숙은 당황해서 어쩔 줄 몰라 했다.

물론 노형진에게 맡겨 둔 것이 사실이고 지금 자신에게까지 와서 소리를 지를 정도로 제대로 복수해 주고 있지만, 아예 법적으로 못 박혀 있는 걸 못 해 주겠다고 하는 건 분명 문제가 있어 보이니까.

"이거 안 보여, 이거! 여기 원상 복구의 의무가 있잖아!"

자신만만하게 계약서를 흔드는 정정아.

"물론 계약서에는 있죠. 아니, 있었죠. 하지만 그걸 해지해 주신 건 정정아 씨 당신입니다."

"뭐요?"

"당신이 뭐라고 했지요? 모든 건 그대로 두고 나가라고 하지 않았나요?"

순간 정정아의 얼굴이 시퍼렇게 변했다.

그랬다.

분명 자신이 한정숙에게, 모든 걸 그대로 두고 나가라고 했다.

그래서 공갈로 경찰서에서 조사까지 받지 않았던가?

'내가 단순히 가게 못 나가게 하는 걸로 끝낼 줄 알았나?'

만일 그냥 가게가 나가는 것만 막을 생각이었다면 권리금의 시기 문제만 걸고넘어져도 충분하다.

주변 부동산 업자들에게 그에 대해 알려만 줘도, 수억 단위의 배상금 문제가 터질 수도 있는 건이기 때문에 부동산 업자는 세를 얻으려는 사람들에게 경고를 해 주지 않을 수가 없다.

하지만 그걸로 끝낼 생각이 없기에 노형진은 악착같이 물고 늘어지는 것이다.

"원상 복구의 의무는 기본적으로 영업을 종료하고 나갈 때 해 주는 거죠. 그리고 그걸 거절한 건 정정아 씨고요."

"그런 게 어디 있어! 그러면 권리를 포기한 거 아냐!"

"저언혀 다르죠. 권리를 포기한다는 건 그걸 양도한다거나 아니면 아예 버렸다는 건데, 저희 의뢰인께서는 그걸 양도한 적도 버린 적도 없습니다. 그저 정정아 씨가 두고 가라고 해서 두고 간 것뿐이고, 추후 그 사용권에 대한 다른 이야기가 있기를 기대했었죠."

노형진은 어깨를 으쓱했다.

"하지만 정정아 씨는 그 권한에 대해 아무런 말도 없이 사용하신 거고요."

노형진은 정정아를 보면서 차분하게 말했다.

"당연하게도 그런 경우에 가장 큰 문제가 되는 건 소유권의 문제인데……."

노형진은 히죽 웃었다.

"당연히 소유권은 이쪽에 있지요."

"너…… 너!"

정정아는 너무 억울해서 숨이 넘어갈 것 같았다. 노형진 때문에 매달 1천만 원이 넘는 손해를 보고 있으니까.

"그러니까 저희한테 원상 복구를 해 달라고 하면 안 되죠. 도리어 저희가 두고 간 물건을 부당하게 사용하셨으니 그 부당이득을 돌려주셔야 합니다."

"뭐? 부당이득?"

"그렇지 않습니까? 거기 있는 물건들이 정정아 씨 물건이 아니지 않습니까? 그런데 그걸 가지고 영업하셨잖아요? 그러니까 부당이득을 반환하셔야지요."

"너…… 이……!"

"아, 그리고 혹시나 해서 말씀드리는 건데, 물건뿐만 아니라 그 실내디자인도 저희 쪽에서 한 거 아시죠?"

"그건 물건이 아니잖아!"

사실 실내디자인은 물건이라고 볼 수가 없다.

일단 가게에 고정된 데다가, 계약이 끝났다고 해서 그걸 뜯어 갈 수는 없으니까.

물론 그걸 뜯어 가서 재활용할 수 있다면 모르지만 실질적으로 그런 방법은 없다.

그 정도로 세밀하게 뜯으려면 인건비가 새로 설치하는 것보다 훨씬 더 들어가니까.

"저희가 뭐라고 하던가요?"

노형진은 웃으면서 정정아를 바라보았다.

"하지만 그렇다고 해서 저희가 그 실내디자인의 권한을 포기한 건 아닙니다."

디자인을 못 쓰는 것과 그 소유권이 있는 것은 전혀 다른 문제다.

"물론 그걸 가지고 싸우고 싶지는 않고요."

노형진은 슬쩍 서류를 내밀었다.

"그런 의미에서 저희는 적당한 협상을 바랍니다."

"협상?"

"네. 내부 실내디자인에 대해서는 양도를 해 드릴 수 있는데요."

노형진의 말에 정정아는 왠지 꺼림칙한 얼굴이 되었다.

하지만 일단 준다는 말에 거절하기 애매했다.

당장 가장 골치 아픈 게 그 실내디자인이니까. 그것만이라도 밀어 버리면 당장 새로운 세입자가 들어올지도 모르기 때문이다.

"어떻게, 받아들이시겠습니까? 받아들이지 않으실 거라면 저희는 계속 소유권을 주장하고요."

노형진의 목소리는 마치 악마의 속삭임처럼 정정아의 귓속으로 파고들었다.

그에 저항하고 싶었지만 그러기에는 정정아가 욕심이 너무나 많았다.

"그거 확실해? 무슨 장난치는 거 아냐?"

"장난이라니요? 무슨 말씀을 하십니까?"

노형진이 미리 준비한 서류, 거기에는 실내디자인 전반에 대한 재산적 가치를 인정하면 그 모든 권한을 넘긴다고 되어 있다.

단, 벽과 등 같은 물품에 대한 것만 인정하며, 중고로 팔 수 있는 테이블 등에 대한 권한은 여전히 한정숙이 갖는다고 되어 있었다.

"뭐, 저희가 돈도 안 되는 벽 같은 거 붙잡고 싸우겠습니까? 돈이 되는 건 냉장고나 테이블 같은 집기들인데요."

"으으으……."

정정아는 고민하다가 결국 서류에 사인을 했다.

그러자 자연스럽게 그런 물품에 대한 권한은 정정아에게

로 넘어갔다.

"다른 물품들은 여전히 한정숙 씨 소유라는 점 잊지 마세요."

"흥! 누구 마음대로."

바깥으로 휑하니 나가 버리는 정정아.

노형진은 그걸 보고 혀를 끌끌 찼다.

"도대체 자기가 뭘 잘못했는지 아직도 생각하지 못하고 있네요."

"그런데 왜 그걸 주신 거예요? 다른 것도 아니고 벽일 뿐인데."

실내디자인이라고 해 봐야 별것 없었다.

벽에 걸려 있는 포스터와 주방과 홀을 나누는 가벽 그리고 몇몇 고정식 장식들뿐이다.

선반 같은 건 다 떼어서 중고로 팔 수 있으니 그 소유권은 아직 한정숙에게 있고.

"살짝 떡밥을 던져 준 거죠."

"어째서요?"

"놓고 가라고 해서 놓고 갔다고야 하지만, 어찌 되었건 정정아 씨에게 권한은 없거든요."

"그건 이미 들어서 알아요."

"문제는 그런 물건들이, 소유권이 없다고 해서 움직이지 말라는 법은 없다는 거예요."

그러한 물건들은 창고 하나 빌려서 거기에 모아 두는 것도 법적으로는 문제가 없다.

저쪽에서는 이제 저 물건에 대해 철거를 요구하기 시작했으니 어찌 되었건 그 물건들을 바깥으로 빼낼 생각을 할 게 뻔했다.

"그러면 우리가 어떻게 할 수가 없죠."

그들이 그걸 빼내고 영업을 한다고 해도 한정숙이 할 수 있는 건 없다.

"하지만 이게 우리한테 있으면 이야기가 달라지죠."

노형진은 방금 정정아가 사인을 하고 간 계약서를 흔들었다.

"중요한 건 재산적 가치 아니겠습니까? 후후후."

⚖

노형진의 예상대로 정정아는 창고 하나를 빌려서 집기들을 모조리 그 안에 넣었다.

그리고 가게의 벽을 부수고 새로운 세입자를 받을 준비를 하기 시작했다.

"젠장! 이게 뭐야!"

욕심부리다가 돈은 돈대로 날리고 전과는 전과대로 달았다.

결국 원했던 권리금은 받지도 못하고 그냥 날려 버렸고, 심지어 원상 복구에 들어가는 비용도 받지 못했다.

결국 자기 돈을 들여서 원상 복구까지 해야 하니 속이 쓰릴 수밖에.

"빨리 밀어 버려요! 이거 죄다 쳐다보기도 싫으니까."

정정아가 짜증을 팍 내면서 건물을 나가려는 그때 갑자기 한 무리의 사람들이 가게 안으로 들어왔다.

"당신들 뭐야?"

"법원에서 나왔습니다만."

법원에서 나온 사람들은 당황해서 가게 안을 바라보았다.

"법원? 무슨 법원?"

"부당이득 반환 청구 소송 중입니다."

"뭐?"

그들 뒤에서 나타난 남자.

노형진은 정정아를 보면서 실실 웃었다.

"전에도 말씀드렸잖습니까? 부당하게 저희 의뢰인의 물품으로 영업을 해서 수익을 창출하셨으니 그 손해배상을 하셔야지요."

"별 미친……."

정정아는 눈이 뒤집어졌다.

안 그래도 속이 쓰려 죽겠는데 별거 아닌 걸 가지고 속을 뒤집다니.

"꺼져! 안 꺼져!"

"어…… 꺼지기는 힘들 것 같네요."

"뭐?"

주변을 보면서 법원 압류 팀은 한숨을 푹 쉬었다.

"가압류를 하러 왔는데 물건이 남은 게 없네요."

"애초에 여기에 있었던 건 한정숙 씨 물건이니 압류 대상이 아니죠."

"그런데 왜 저희를 부르신 겁니까?"

가압류하는 것도 아닌데 자신을 부르다니.

노형진은 그들을 보면서 슬쩍 미소 지었다.

안다. 하지만 확실한 증인이 필요하기 때문에 그들을 부른 것이다.

"뭐라도 있는 줄 알았죠. 어쩔 수 없네요. 저희가 여기에 가압류를 행사하겠습니다. 음...... 일단은 이 벽부터 시작하죠."

"가압류?"

막 작업하려던 작업자는 움찔했다.

갑자기 가압류라니? 그런 물건을 부수면 여러모로 곤란해진다.

당연히 작업자들은 들고 있던 연장을 슬쩍 내려놨다.

"말이 되는 소리를 해! 너희가 무슨 권한이 있다고! 그리고 벽? 이런 가짜 벽이 무슨 가치가 있다는 거야!"

"이미 사건 접수했습니다. 아마 우편으로 금방 날아갈 겁니다. 가치야 사람마다 다르지요. 하지만 그 부분에 대해서는 우리가 이미 합의한 것 같은데요."

노형진은 그녀에게 종이를 한 장 내밀었다.

노형진이 그녀에게 사인을 받았던 그 계약서였다.

"이 부분을 보면 실내디자인에 대한 금전적 가치를 인정한 다는 말이 있지 않았습니까? 그러니까 이건 금전적 가치가 있는 품목이고, 따라서 해당 물품에 대한 유치권을 저희가 행사할 수 있는 거지요."

만일 벽을 가압류하라고 했다면 하지 않았을 것이다.

할 수가 없다. 가치가 없으니까.

차라리 그 건물 자체를 가압류하는 편이 훨씬 낫다.

하지만 노형진은 그러지 않았다.

건물을 압류하는 건 별 의미가 없으니까.

노형진의 계획은 돈을 버는 게 아니다.

상대방에게 최대한의 피해를 강요하는 것이다.

"그리고 이 계약서에 따르면 분명 양측은 해당 물품에 대 한 가치를 인정했지요."

"으음……."

그걸 본 집행관은 곤란한 표정이 되었다.

그 말이 맞으니까.

사회적으로 아무런 가치가 없는 물건이라고 할지라도 당 사자가 가치가 있다고 하면 그 사람에 한해서는 가치가 인정 된다.

그리고 양쪽이 다 그 가치를 인정했으니 그 가치에 대한 압류는 법적으로 인정된다.

"어쩔 수 없네요. 그럼 가압류를 진행하겠습니다."

"아니, 이런 뭔 개 같은……."

가압류가 들어가면 해당 물품은 당연히 보존해 둬야 한다.

정정아 입장에서는 그 기간 동안 이 가게를 쓰지 못하게 되는 것이다.

"그나저나 노 변호사님, 이번 소송 얼마나 걸릴까요?"

"글쎄요?"

노형진은 고개를 갸웃했다.

몰라서가 아니다. 얼마나 끌어야 하나 고민이 되어서다.

"한 3년은 가지 않겠습니까?"

"3…… 3년?"

"그래야지요. 일단 3심까지는 가야 하고, 거기서 다시 뒤집어지면 도로 2심으로 갈 테니 최소한 그 정도는 걸리지 않겠습니까?"

물론 그 기간 동안 가게는 못 쓰게 된다.

현실을 깨달은 정정아가 시뻘게진 얼굴로 외쳤다.

"가압류 풀 거야!"

"물론 그런 방법도 있죠. 그런데 그러려면 이 실내장식에 대한 가치 판단부터 해야 하는데요."

그런데 벽에 대한 가치 판단 같은 건 지금까지 없었던 일이니, 그런 경우 사건이 오래 걸릴 수밖에 없다.

"걱정하지 마세요. 저희가 최대한 천천히 진행해 드릴 테니 천천히 하셔도 됩니다."

노형진은 히죽거리며 웃었다.

⚖️

재판이 시작되고 얼마 지나지 않아서 그쪽에서는 결국 양 손을 다 들었다.

가장 큰 이유는 현실적인 금전적인 어려움 때문이었다.

하지만 그 외에도 노형진이 건물에 있는 상가마다 다 찾아 다니면서 명함을 주고 설득을 하는 것을 막을 방법이 없었기 때문이기도 했다.

"그래서 재임대를 해 주시겠다고요?"

"그럴게요. 그러니까 그만하죠."

"싫은데요."

"뭐라고요?"

"저희가 가게를 다시 열려고 이러는 게 아니지 않습니까?"

노형진은 정정아를 물끄러미 바라보았다.

사실 한정숙이 가게를 그만둔 것이 그녀의 강제 때문이긴 하지만, 한정숙의 나이가 적지 않은 것 또한 사실이다.

더군다나 동래돼지국밥은 상당한 규모를 자랑하는 국밥집 이다.

그만큼 장사가 잘된다는 거고, 나이 먹은 그녀가 운영하는

데 현실적으로 한계가 있는 것도 사실이다.

"어차피 가게는 그만둘 거니까 같이 죽죠."

노형진의 말에 정정아의 얼굴은 사정없이 찡그러졌다.

"너무해요! 저도 좋아서 그런 게 아니잖아요! 돈이 없으니까 그런 거 아닌가요?"

"돈이 없다라⋯⋯."

노형진은 피식 웃었다.

오랜 시간 변호사 생활을 하면서 가장 많이 들은 말 중에 하나가 바로 돈이 없다는 소리다.

하지만 현실적으로 그 말을 해석하면, 진짜 돈이 없는 게 아니라 '너에게 줄 돈은 없다.'라는 의미가 대부분이라는 것을 노형진은 알고 있었다.

"상속세가 얼마나 많이 나오는지 알아요!"

"알죠. 그런데 용케 건물을 담보로 안 잡으셨네요? 집 같은 것도 처분 안 하시고."

"네?"

"제가 바보로 보이십니까?"

상속세가 어마어마하다.

그건 다 아는 사실이고, 이전 건물주도 알던 사실이다.

"대부분의 경우, 그런 상속세를 내기 위해 야금야금 현금으로 돈을 확보해 두죠. 진짜 돈이 없다면 두 분이 가지신 다섯 채의 아파트 중에서 최소한 한 채 정도는 매물로 내놔야 하는 거 아닙니까?"

정정아의 눈이 데굴데굴 구르기 시작했다.

"그런데 하나도 안 파시고 남의 권리금을 빼앗아서 내시려고요? 그래 놓고 상황이 불리하니까 그만하자고요?"

노형진은 절대 그럴 생각이 없었다.

"그냥 끝까지 가시죠. 아, 다른 분들이 나가시면 그 자리도 뭐, 아시죠?"

정정아는 얼굴이 핼쑥해졌다.

농담이 아니다.

이미 그녀와 그녀의 남편은 세입자들에게 믿음을 잃어버렸고, 세입자들은 뭉쳐서 자신에게 저항할 수 있는 방법을 찾고 있었다.

물론 그들을 내보내는 것은 자신이다.

"가령 이런 것도 가능하죠. 주변의 부동산 업자에게 미리 경고를 해 주는 거죠. 법적으로 가게를 빼앗는 행위를 하는 건물주에 대해 경고해 주도록 말이죠. 만일 부동산 업자가 안 해 주는 경우, 그 일이 생겼을 때 부동산 업자에게 그 책임을 물 수 있거든요."

물론 그들은 자기 책임이 아니라고 우기기는 할 것이다.

"하지만 법적으로는 아니죠."

그러한 행위를 빈번하게 하는 사람의 경우 부동산 업자는 경고를 해 주고 그 계약에 대해 확실하게 안전을 담보해 줘야 하는 책임이 있다.

수백만 원씩 받아먹는 중개료를 그냥 챙기는 게 아니다.

다만 대부분의 부동산 업자는 돈에 눈멀어서 책임을 모른 척하지만 말이다.

"하지만 우리가 지역 내 블랙리스트를 만들어서 뿌리면 이야기는 달라지죠."

당연하게도 건물주들이 세입자들에게서 가게를 빼앗는 짓은 못 하게 된다.

"과연 건물주가 얼마나 버틸지 모르겠네요, 후후후."

⚖

정정아는 미치고 팔짝 뛸 듯한 기분이었다.

건물을 세를 놔야 하는데 나가질 않는다.

몇 곳에 내놨지만 부동산 업자들마다 자신을 보자마자 슬쩍 시선을 돌렸다.

"그래서 주변에 다 경고를 해 주고 다녔다고요?"

"네. 이 근방에서는 아마 사모님 물건을 안 받아 줄 거예요."

그나마 친한 부동산 업자가 곤란한 듯 말했다.

"아니, 그런 게 어디 있어요?"

"그게요, 우리도 참 곤란해요. 사실 물건에 문제가 있으면 배상하게 되어 있기는 하지만……."

문제는 명확하게 어떤 경우라는 규정은 없다는 거다.

"그리고 이게……."

만일 계약이 끝났다는 이유로 세입자의 권리금을 착복하고 가게를 빼앗는다면, 분명 그 배상 책임을 자신들이 물 수도 있다.

"저희도 돈이 좋긴 하지만 말이죠……."

하지만 몇백만 원 벌려고 수억 원을 물고 싶은 사람은 없다.

"그냥 아무런 말도 없으면 모르는데……."

주변에 모조리 경고를 하고 다녀서 모른 척할 수도 없는 상황.

"그래도 사장님이라도 그거 해 주시면 안 돼요?"

그나마 친한 사람이기에 혹시나 하는 기대로 물어보는 정정아.

하지만 부동산 사장은 고개를 흔들었다.

인간적으로 친한 것과 자신이 막대한 배상금을 내는 상황에 처할 위험을 감수하는 건 전혀 다른 문제니까.

"아직 건물 소송이 안 끝났잖아요."

"아…… 미치겠네."

별거 아닌 실내디자인 몇 개 때문에 세를 놓을 수가 없다.

설사 놓는다고 해도 거기서 영업하려는 사람이 그걸 부수려고 하면 전 가게 주인인 한정숙이 와서 지랄할 테니, 그러면 자신이 또 배상해 줘야 한다.

당연히 계약은 해지될 테고.

"그리고 이런 이야기 해 드리면 안 되긴 하는데……."

"또 뭔데요?"

"사모님 건물에 있는 세입자들이 절 찾아왔어요. 계약이 끝나 가는데 지금 자기들도 내보낼 거냐고."

"그건……."

정정아는 말은 못 하고 눈만 데굴데굴 굴렸다. 그들을 내보내고 그들의 권리금도 빼앗을 생각이었으니까.

"저기, 사장님. 이러면 저희가 곤란합니다."

"곤란하다니요?"

"자꾸 그러시면 저라고 해도 소개를 못 해 줘요."

현재 계약 기간은 5년이다.

5년이 지나면 권리금을 빼앗기고 나가야 하는데 누가 들어오려고 하겠는가?

"아니, 그건 잠깐 욕심에……."

"잠깐이 아니잖습니까?"

한번 돈맛을 본 사람은 그걸 못 멈춘다.

수십억에 달하는 상속세를 그렇게 쉽게 메꾸려 든 사람이 그 짓을 또 하지 않을까? 그럴 리가 없다.

"미안한데 저희는 못 해 드립니다."

"사장님! 어떻게 이러실 수가 있어요?"

"저도 해 드리고 싶죠. 하지만 제가 망할 수는 없지 않습니까?"

한두 명만 당해도 물어 줘야 하는 돈이 수억이다.

그런데 그 건물에는 상가가 수십 개에 달한다.

당연하게도 그들에게 다 그 짓거리를 하면 자신도 망한다.

"미안합니다. 저희도 소개를 못 하겠네요."

부동산 업자의 말에 정정아는 눈을 찡그렸지만, 방법이 없었다.

"권리금 부존재 소송요……?"

노형진의 말에 정정아의 목소리가 떨렸다.

안 그래도 죽을 맛인데 노형진이 꺼낸 건 그녀의 숨통을 조이는 말이었기 때문이다.

"뭘 하든 저희가 찾아가서 설득해 볼 생각입니다."

"협박하는 거예요?"

"협박이 아니라 통지죠."

그녀는 다른 곳에도 똑같은 짓을 할 게 뻔하다.

"그리고 저는 그곳에 대해 당연히 그 권리금 부존재 소송을 걸 겁니다."

"그런 게 어디 있어요!"

"여기 있죠."

노형진은 어깨를 으쓱했다.

"뭔가 착각하시나 본데, 권리금이라는 건 법적으로 인정되지 않고 사회적으로나 통용되는 말입니다."

그리고 그 사회적 통용이라는 말에는 함정이 있다.

"세입자들끼리 거래하는 거지 주인이 끼지 못한다는 거죠."

주인은 그 가게에 대한 보증금을 받는 거지 권리금에 대한 권한은 전혀 없다.

"그리고 당신이 권리금을 받으면 그때는 그건 보증금이죠."

"내가 가게 하는데……!"

"그러니까 그 가게에 대한 권리금은 세입자들끼리의 이야기라니까요. 뭔가 착각하시나 본데, 권리금과 보증금은 같은 의미입니다."

권리금은 그 가게에서 장사할 권리를 말한다.

보증금 역시 그 자리에서 장사를 할 권리를 말한다.

"쉽게 표현하면, 권리금은 일종의 보증금의 프리미엄 같은 거죠."

그곳에 대한 독점적 권리를 포기하는 대신에 그만큼의 돈을 더 받겠다는 거다.

"문제는 이미 당신은 건물주라는 거죠."

그 자리에 대한 독점적 권한을 가지고 있는 사람이며 또한 그 권리를 남에게 빌려주거나 팔 수 있는 자격이 있는 사람이다.

"그리고 보증금은 그 권리를 부여함으로써 주는 거죠."

노형진은 히죽 웃었다.

"그런데 이미 준 보증금에 대해 이중으로 또다시 권리금을 내라는 건, 사실상 그 보증금을 더 올려 달라는 소리죠."

"무…… 무슨 소리예요!"

"쉽게 말해서 당신이 돌려줘야 하는 돈이 늘어난다는 말입니다."

실제 판례 중에도 그런 사례가 있다.

건물주가 이중으로 받은 권리금을 보증금으로 봐서 반환하라는 판례 말이다.

"이미 가게에 계신 세입자분들에게 말해 났죠. 그리고 추후 들어올 세입자들에게도 당연히 이야기할 거고요."

정정아의 손이 저절로 덜덜 떨렸다.

"어떻게…… 어떻게 그럴 수 있어요, 네? 내가 내 권리를 찾겠다는 건데!"

"그건 권리가 아니죠. 약탈이지."

정정아는 억울했다.

"당신, 서민을 위한다고 생각하나 본데, 강남에 수십 평짜리 가게를 차리는 인간이 서민일 리가 없잖아! 어?"

노형진은 어깨를 으쓱했다.

"제가 언제 뭐 서민이라고 한 적 있습니까?"

"뭐?"

"그러니까, 제가 한정숙 씨를 서민이라고 한 적이 있거나, 아니면 서민을 위해 싸운다고 했습니까?"

사람들은 세입자라고 하면 무조건 서민이라고 생각한다.

하지만 사실 한정숙쯤 되면 서민이라고 보기 힘들다.

강남에서 50평짜리 가게가 흔한 것도 아니고, 오로지 국밥으로 세까지 감당하려면 그만큼 번다는 뜻이다.

"사회적 통념을 보면 한정숙 씨는 서민은 아니죠."

서민일 수가 없다.

당장 권리금이 2억짜리 가게고 보증금은 3억짜리 가게다.

"저는 의뢰를 받았고, 그래서 싸운 것뿐입니다. 한 번도 서민을 위해 싸운다고 한 적 없습니다."

노형진의 말에 정정아는 입을 쩍 벌렸다.

'그래, 안 봐도 뻔하다.'

보통 이런 소송을 해 주는 변호사들 중에는 서민을 위해 일한다는 자부심을 가진 사람도 있다.

그러니 상대가 그런 사람이라면 정정아의 말이 마음을 흔들 수 있었을지도 모른다.

하지만 불행히도 상대는 노형진이었다.

"정정아 씨."

노형진은 황당한 표정의 정정아에게 웃으며 말했다.

"세금은 내 돈으로 내는 겁니다. 남의 돈이 아니라요, 후후후."

정정아는 고개를 푹 숙였다.

⚖️

"그래서 재임대를 하겠다고 했다고요?"

"네, 다행히요."

물론 세가 좀 오르기는 했지만 주변 시세가 오른 건 사실
이니 어쩔 수가 없다.

"의외네요. 일전의 재임대 건도 거절당했으니 끝까지 가
겠다고 이 악물고 덤빌 줄 알았는데."

노형진이 계속 싸울 준비를 하는데 의외의 소식이 전해졌다.

정정아가 한정숙에게 찾아가 절실한 표정으로 재임대를
하겠다고 다시 이야기를 했다는 것.

"저도 잘……."

"뭐, 뻔하죠."

화해의 손길을 내민 것이다.

당장 지금 상황에서 가장 큰 문제는 추후 들어올 세입자들
이다.

이미 소문이 파다하게 났으니 복덕방에서 세입자들에게 상
황을 이야기해 주지 않을 수가 없고, 당연히 가게 자리를 구하
는 사람들이 그런 건물로 들어오려고 하지는 않을 것이다.

"계약 기간은 보통 5년이죠. 거기에 수십 채의 가게가 있

으니 아무래도 1년에 최소 서너 개는 나가고 들어오죠."

그런데 부동산이 그런 자리를 소개해 주지 못하겠다고 하니 화해의 손길을 내밀 수밖에 없었다.

"거기에다 가게를 연다고 해도 안정적으로 수익을 내 줄 수 있는 가게가 없거든요."

"네? 그건 보증금에서 까면 되는 거 아닌가요?"

노형진은 고개를 흔들었다.

"그 가게가 아니라 다른 가게가 문제죠."

"다른 가게요?"

"네. 아마 잘 모르셨을 겁니다. 그 건물의 수익을 지탱하던 건 한정숙 씨입니다."

"어, 저요?"

한정숙은 어리둥절한 표정이 되었다.

자신은 한 게 하나도 없기 때문이다.

하지만 노형진이 설명해 주자 이해가 갔다.

"원래 미끼 상품이라는 것은 가게에만 해당되는 게 아니거든요. 상권이라는 것도 그렇게 생기는 거죠."

순대 골목이나 통닭 골목 아니면 부대찌개 골목 같은 곳은 처음부터 거기서 장사하자고 해서 모이는 게 아니다.

한 곳이 대박이 나서 거기로 손님이 몰리고, 그들을 잡기 위해 주변에 다른 가게가 생기는 과정을 거치면서 생긴다.

"한정숙 씨의 가게가 그런 곳이었죠."

워낙 장사가 잘되어서 손님들이 많이 몰렸고, 차례를 기다리며 쇼핑을 하거나 식후에 쇼핑하는 사람들이 많았다.

줄이 너무 길어서 다른 가게에서 식사를 하는 사람들도 있었고 말이다.

"이제 슬슬 그 사람들이 없어진 걸 느낄 겁니다."

장사가 안되니 당연히 월세를 내지 못하고, 월세를 못 내니 당연히 정정아가 받는 돈도 줄어든다.

"그렇군요."

고개를 끄덕거리는 한정숙.

"그래서 다시 시작하실 건가요?"

"모르겠어요."

한정숙은 고개를 흔들었다.

일단 하려고 하면 할 수는 있다.

하지만 믿음이 안 갔다.

다시 한번 똑같은 일을 겪을 생각은 없으니까.

"그러면 제가 가진 빌딩으로 오시죠."

"네?"

한정숙은 깜짝 놀랐다.

노형진이 가진 빌딩이라니? 그건 전혀 예상하지 못한 말이었으니까.

"제가 근처에 가진 빌딩이 있습니다. 입지 조건은 비슷하죠. 다만 신축입니다. 그래서 세가 좀 비쌉니다."

"비싸다고요……."

노형진은 씩 웃었다.

'그래서 한정숙 씨가 필요하지.'

아직은 상권이 발달하지 않은 건물이다.

사람은 사람이 몰리는 곳에 가서 밥을 먹는다.

나란히 붙어 있는 식당이 똑같은 걸 팔아도 사람이 많은 곳에 가서 줄 서서 먹지, 사람이 없는 빈 가게에는 가지 않는다.

"저희 쪽에 와 주시면 파격적인 조건을 달죠."

"파격적인 조건요?"

"계약 기간은 10년. 단, 2년에 한 번 월세를 최대 5%까지만 올리겠습니다."

한정숙은 눈을 크게 떴다.

지금 생각하면 터무니없을 정도로 좋은 조건이니까.

'물론 미래의 새로운 법에 따른 조건이지만…….'

노형진은 미리 그런 조건을 제시했다.

사실 과거의 임대차 보호법에는 약점이 많았다.

5년의 기간 동안 월세를 못 올리게 하다가 한꺼번에 올리라고 하니, 건물주의 입장에서는 과거에 못 올린 것과 미래에 못 올리는 것까지 감안해서 한꺼번에 올리려고 한다.

그러다 보니 5년만 지나면 건물 월세가 보통 50% 이상, 심하면 두세 배씩 오른다.

하지만 법이 바뀌면서 월세를 올리는 기간이 빨리 돌아와 건물주가 월세를 자주 올릴 수 있게 된 대신 월세의 상승폭이 낮아졌다.

반면에 세입자의 입장에서 2년에 5%는 안정적으로 장사만 된다면 충분히 감당할 수 있는 수준이다.

일단 2년에 5%라는 것은 1년에 2.5%, 즉 물가 상승률 수준이니까.

물론 건물을 쥐고 몇 배씩 불려 먹던 인간들에게는 하늘이 무너지는 소리겠지만.

"어떻게, 오시겠습니까?"

"갈게요."

현 상황에서는 자신에게 무척이나 유리한 계약이기에 한정숙은 고개를 끄덕거렸고, 노형진은 이제 돈만 벌면 된다는 생각에 살짝 미소 지었다.

⚖

몇 달 후 노형진은 해당 건물 앞을 지나가다가 피식 웃었다. 창문마다 붙어 있는 플래카드 때문이었다.

"주인이 직접 임대라……."

좋게 말해서 주인이 직접 임대하는 거지, 주변에서 소개를 안 해 주니 어쩔 수 없이 직접 가게를 내놓은 것이다.

1층 역시 벽에 걸린 압류를 풀었음에도 불구하고 여전히 나가지 않고 있었다.

"이 건물도 망해 가네요."

"소문이 파다하다고 하더군요."

무태식이 피식 웃으며 말했다.

"또 그 짓거리 하다가 걸렸거든요."

"하긴 그렇게 쉽게 고쳐질 리가 없죠."

정정아는 결국 자기 버릇을 못 고쳤다.

아니, 수십억이라는 돈 때문에 노형진을 무시했다.

결국 새론과 엮일 일이 또 있을까 하고 다른 가게 두 곳에 똑같은 짓을 했다.

"설마 새론이 계속 주시하고 있으리라고는 생각 못 했을 겁니다."

"그랬겠죠."

하지만 새론은 계속 건물의 세입자들과 이야기하고 있었고 방법이 없으면 모를까, 방법을 아는데 그냥 둘 리가 없다.

"부동산 업자 두 명도 그래서 2천만 원씩 물어 줬다고 하더군요."

그걸 알면서도 소개시켜 주는 바람에 말이다.

당연하게도 그 소문을 들은 다른 업자들이 무조건 거르는 바람에, 줄줄이 사람들이 나가는데 세가 나가지 않게 된 것이다.

"욕심이 과했어요."

노형진과 무태식이 그렇게 바라보는 와중에 한 무리의 사람들이 우르르 몰려왔다.

그런데 그중에는 노형진이 아는 사람도 있었다.

"저 사람들, 국세청 조세 압류 팀 아닙니까?"

"결국 이렇게 되는군요."

노형진은 혀를 끌끌 찼다.

압류가 떨어질 정도면 정말 독하게도 안 내고 버틴다는 소리다.

사실 내려고만 한다면 건물을 담보로 잡고 돈을 빌려서 내면 그만인데 말이다.

"뭐, 자기가 망하려고 발악하는데 우리가 해 줄 수 있는 건 없고요."

노형진은 어깨를 으쓱했다.

"국밥이나 먹으러 가죠."

"오, 좋지요. 그런데 점심시간이라 자리가 있을지 모르겠네요?"

노형진은 슬쩍 시간을 확인했다.

12시 20분. 한창 점심시간일 때다.

"그러게 말입니다."

건물주 입장에서는 좋지만 직장인 입장에서는 왠지 한숨이 나오는 노형진이었다.

엔자이? 반자이 아닙니다

대동의 싸움은 계속되고 있었다.

사실 노형진이 대동에 싸움을 붙이기는 했지만 그 이상의 일은 하지 않았다.

너무 끼어들면 눈치챌 수도 있으니까.

그래서 외부에서 조용히 작전을 짜고 있기는 하지만 어지 간하면 내부 문제에는 끼어들지 않았다.

하지만 피치 못하게 내부 문제에 끼어들 수밖에 없는 상황 도 있었다.

"아무래도 세력이 약한 게 문제군요."

신동하가 화려하게 회사에 복귀했고 어느 정도 세력을 구 축하긴 했지만, 현실적으로 본다면 신동하의 세력은 두 사람에 비해 새 발의 피 수준이다.

"지금은 양쪽에서 서로 눈치를 보고 있기는 하지만요. 아무래도 그마저도 쉽지 않습니다. 아예 외부에 있을 때랑은 또 달라요."

"그렇겠지요."

아예 외부에 있을 때는 서로 그냥 눈치만 보는 수준이었지만 이제 신동하는 주식을 가진 주주들의 대변인, 즉 내부인이다.

"그런데 그 주식이 애매하단 말이죠."

노형진이 아무리 작전을 짰다고 하지만 그 주식이 많은 것도 아니다.

가장 큰 문제는 극우 세력이 가진 주식이다.

노형진과 대룡이 끌어모은 주식이야 어쩔 수 없다지만, 사실 극우 세력이라는 것 자체가 이권을 위해 모여든 일본 특유의 권력 단체일 뿐이다.

"그쪽에서 슬슬 제 눈치를 보고 있어요."

"그럴 겁니다."

공식적으로 순혈 일본을 외치는 그들이지만 이권이 생기면 의미가 없는 주장이다.

더군다나 신동하는 그들이 주장하는 순혈은 아니다.

어찌 되었건 한국 사람들의 핏줄이 들어간 건 사실이니까.

"그리고 제가 신동우와 신동성이라면 극우 세력을 끌어들이겠죠. 어느 쪽입니까?"

"신동성 쪽입니다."

"아무래도 그쪽이 일본에서 자리를 많이 잡았으니 당연하다면 당연하네요."

신동성은 신동하를 쳐 내기 위해 일본 극우와 접촉하고 있는 상황.

그리고 그런 상황이라면…….

"신동우는 모른 척할 테고."

"어떻게 아셨습니까?"

"뻔한 거 아닌가요?"

그들이 가진 주식은 많지 않다.

하지만 어찌 되었건 신동하라는 존재를 드러나게 한 주식이다.

"아무래도 신동성이 그 주식을 가지고 있는 게, 어디로 튈지 모르는 제3세력보다는 머리가 덜 아프거든요."

거기에다 신동하가 신동우 본인의 편을 들어 주고 있지만 현실적으로 말하면 신동하는 일종의 균형추다.

그러니 믿지 않을 것이다.

"어쩌면 이쪽에서 내전을 길게 끌고 가려고 하는 걸 눈치 챘을지도 모르죠. 하지만 그걸 막으려 들면 자기 위험부담이 너무 커지니까 모른 척하는 걸 수도 있습니다. 그러나 신동성과 우리가 상잔해서 힘이 빠지거나 아예 신동성과 척지면 유리해지는 건 신동우니까, 당연히 그의 입장에서는 모른 척할 수밖에요."

노형진의 말에 신동하는 긴 한숨을 내쉬었다.

그 말이 다 맞았기 때문이다.

"하여간 그런 관계로 영 상황이 좋지 않습니다. 주식이 충분한 것도 아니고요."

그가 대표할 수 있는 주식의 총량은 양쪽에서 장난을 치기에는 좀 부족하다.

전에도 아슬아슬하게 통했지만 극우 세력이 빠지면 아무런 의미도 없는 주식이 될 뿐이다.

"물론 주식을 긁어모으고 싶지만……."

"뭐, 지금은 무리죠."

노형진의 장난에 주가 대폭락을 겪었던 대동은 그 이후로 주식시장을 감시하고 있고, 이제 다시 장난을 쳐서 주식을 긁어모으기에는 상황도 상황이지만 주가가 너무 올랐다.

"그래서 말인데, 해결책이 하나 있기는 하거든요."

"해결책요?"

노형진은 고개를 갸웃했다.

그 정도 차이를 메꿀 정도의 해결책은 노형진도 찾지 못했으니까.

'아니, 모르지. 신동하니까 찾을 수 있을지도.'

아무리 노형진이 일본에 대해 잘 알아도 현지에서 살아 본

적이 없으니 결국 일본에 대해서는 정보로만 알 뿐이니까.

"그게 뭔가요? 그들의 주식을 빼앗는다는 건 꿈도 못 꿀 일이고."

"중립을 지키고 있는 주식이 있습니다."

"중립?"

노형진은 고개를 갸웃했다.

중립이라니? 대주주들은 대부분 이미 중립이 아니라 편먹고 싸우고 있는 상황이다.

물론 소액 주주들이 있기는 하지만 그들을 일일이 만나서 설득하기도 힘들거니와, 설사 설득한다고 해도 그들은 자주 팔기 때문에 거의 효과가 없다.

"대동중공업의 13%를 가지고 있는 사람이 있습니다."

"대동중공업요?"

노형진의 눈이 크게 떠졌다.

특정 그룹을 이루고 있는 회사들 중 하나의 주식을 가지고 있다 해서 그 주식이 모든 그룹에 다 통하는 것은 아니다.

그룹이라는 것 자체가 회사의 모임인 만큼, 그 그룹 자체의 주식이라는 건 없다.

하지만 모체라고 할 수 있는 기업이 존재하며 그 존재가 그룹의 지분을 대부분 가지고 지배하면, 당연히 그 주식의 가치는 올라간다.

'성화는 전자와 과자 쪽이 그랬지.'

그리고 그쪽을 노형진에 의해 빼앗기자 성화는 결국 걷잡을 수 없이 무너졌다.

대동에서는 중공업이 그런 회사 중 하나다.

"대동중공업의 주식을 13%나 가지고 있다면 양쪽 다 설득하려고 혈안이 되어 있을 텐데요?"

온갖 혜택을 다 주고서라고 설득하고 싶은 게 그 사람일 것이다.

그런데 그런 사람이 아직도 중립이라고?

"의외군요."

이런 건 확실히 내부에 있지 못하면 알 수 없는 정보다.

주주들의 명부를 확인하기 위해서는 내부에 들어가야 하니까.

"누구이기에 그렇게 철저하게 중립을 지킨답니까?"

"겐조 무카이라고 합니다."

"겐조 무카이?"

노형진은 고개를 갸웃했다. 처음 들어 보는 이름이다.

물론 노형진이 모든 재력가를 아는 것은 아니며 또 노형진의 주력은 미국이지만, 일본에서 그 정도 재력을 가진 사람이라면 한 번쯤은 들어 봤어야 한다.

물론 그 사람이 전면에 나서서 활동한다는 조건이 붙기는 하지만, 보통 그 정도 재산을 가진 사람이면 사업 전면에 나서지 않더라도 사회적 활동은 하기에 기억에 남지 않을 수가 없음에도 불구하고, 이상하게도 전혀 기억에 없다.

"그게 누구인데요?"

"그게 문제입니다. 누군지 아무도 몰라요."

"에?"

노형진의 눈썹이 꿈틀거렸다. 누군지 모른다니?

"그게 가능합니까?"

"그게 말이죠, 12년 전부터 단 한 번도 움직임을 드러낸 적이 없습니다."

"12년 전부터 그 움직임을 드러낸 적이 없다?"

"네. 누군지도 모르고 어디에 사는지도 모릅니다."

"나이 같은 건요?"

"기록에 따르면 현재 나이가 73세입니다."

"그러면 12년 전에는 61세였다는 거네요."

"네."

61세 이후에 한 번도 모습을 드러낸 적이 없는 사람.

존재 자체도 확실하게 알 수가 없는 상황.

"무기명주식은 아니죠?"

무기명주식이란 이름을 등록하지 않은 주식을 말한다.

수시로 주식을 거래하는 소액주주의 경우 그걸 매번 등록하는 게 번거로운 일이기에 이름을 등록하지 않고 거래를 많이 한다.

하지만 그렇게 장기간 소유하고 그렇게 많은 주식을 가진 사람이 무기명으로 주식을 소유하는 경우는 극히 드물다.

아니나 다를까, 신동하 역시 노형진의 질문에 고개를 흔들었다.

"아닙니다. 존재하는 사람입니다."

"이해가 안 가는군요."

"그래서 제가 해결책이라고 생각하는 겁니다."

만일 그를 포섭할 수 있다면 대동중공업의 지분 13%를 지배할 수 있다.

대동중공업의 영향력에 따른 그룹의 지배력을 생각하면 대략 4% 내외.

그만큼 대동중공업은 일본에서 대동을 대표하는 가장 강력한 기업이다.

그리고 그걸 지금 가진 지지 세력과 합한다고 하면…….

"신동하 씨가 쓸 수 있는 표가 대략 5~7%까지 될 수 있겠네요."

"내부에서 줄다리기하기에는 아주 충분한 비중이죠."

노형진은 고개를 끄덕거렸다.

아주 충분하다 못해서 넘치는 비중이다.

그가 누구 편을 들어 주느냐에 따라 확실하게 답이 바뀐다.

아니, 신동우나 신동성 둘 중 한 명이 포섭한다면 게임이 끝나는 수준이다.

"그를 찾기 위해 많은 노력을 했습니다만, 아무것도 찾지 못했습니다."

"으음……."

양쪽 다 그걸 모르지는 않을 테니 어떻게 해서든 그를 찾으려고 했을 테지만 결국 못 찾았다.

그리고 지금에 와서는 양쪽 다 그를 찾는 걸 포기한 상황.

"노 변호사님이라면 찾아 주실 수 있지 않을까 해서요."

"일단은…… 가능할지도 모르겠네요."

노형진은 살짝 눈을 찌푸렸다.

"그게 어떻게 될지는 두고 봐야겠지만요."

하지만 찾아내서 설득할 수만 있다면, 내부에 확실하게 자리를 잡을 수 있는 기회일지도 몰랐다.

⚖️

"여기라고?"

노형진은 혀를 끌끌 찼다.

노형진이 믿을 만한 건 사이코메트리 능력뿐이다.

하지만 겐조 무카이의 최후의 주소지에 도착했을 때 보인 것은 이미 그걸 쓰기는 늦었다는 것뿐이었다.

"이건 아무리 봐도 그 집이 아닌 것 같은데요."

현장에 있는 주택은 지은 지 10년쯤 된 일본 특유의 맨션이었다.

그런데 주소지상의 이름과 일치하지 않고, 건물도 전혀 다르다.

누가 봐도 그 이후에 새로 지어진 건물이었다.

즉, 과거의 주소지는 완전히 사라진 것이다.

"죄송합니다. 저희도 여기서 추적이 끊겨서요. 아마도 대동 역시 여기서 추적이 끊어졌을 겁니다. 그래서 찾지 못한 것이겠지요."

일본에서 활동하는 대룡의 직원인 박 부장은 미안한 듯 머리를 긁적이며 말했다.

최후의 주소지다. 그런데 사람은 없다.

그가 일본에서 하는 일이 정보 탐색임을 감안하면 사람을 찾는 것이 상당한 난이도라는 소리다.

"아직도 옛 주소로 남아 있나 보군요."

"네."

그러니 찾을 수 있을 리가 없다.

'이래서는 사이코메트리는 완전히 물 건너갔군.'

노형진은 씁쓸한 마음을 감추며 건물을 올려다보았다.

"일본은 주민등록번호가 없으니 이거야 원……."

한국의 주민등록번호는 여러 가지 문제점이 많다.

정확하게 말하면 시대가 바뀌면서 생겼다고 봐야겠지만 말이다.

그러나 아무리 문제가 많다고 해도 사람을 특정하기에는

무척이나 쉽다.

하지만 일본은 그런 제도가 없기 때문에 이런 식으로 증발하면 추적이 힘들어진다.

실제로 일본에서 통장 하나 만들려면 일주일은 걸린다.

그가 실제로 존재하는지 그가 본인이 맞는지 실사를 해야 하기 때문이다.

"그래서 나이가 73세나 되는 사람을 찾는다는 게 쉽지는 않을 텐데."

노형진은 머리를 긁적거렸다.

"이름과 나이로는 찾아보셨습니까?"

겐조 무카이라는 이름, 그리고 73세라는 나이.

그 사람이 전국 어디에 있는지 모르니까 그를 찾아내는 것은 쉽지 않겠지만, 그래도 대기업들의 힘이라면 충분히 할수 있는 일이다.

"이미 시도해 봤습니다. 대동도 찾아본 것 같더군요. 하지만 그 나이대에 그 이름을 가진 사람 중 우리가 찾는 사람은 없었습니다."

"흠……."

노형진은 머리를 긁적거렸다.

하긴 그렇게 쉽게 찾았다면 그에게까지 의뢰가 올 리가 없다.

"이번 일은 아무래도 쉽지 않겠네요."

노형진은 높은 맨션을 보면서 혀를 끌끌 찼다.

"그 사람에 대한 다른 정보는 없나요?"

"아직까지는요."

노형진은 머리를 긁적거렸다.

과연 그가 어디에 가 있는지 도무지 감이 잡히지 않았기 때문이다.

"죽었을까요?"

"죽었을 수도 있죠. 하지만 죽었다고 해도 그 주식이 어디가는 건 아닐 텐데요?"

누군가 가족에게 물려줬거나 아니면 계승되었어야 한다.

그런데 그게 이루어지지 않았다?

"그러면 둘 중 하나인데."

하나는 가족이 그게 있는지도 모르든가, 아니면 가족도 없든가.

"하지만 그 정도 재력을 가진 사람에게 가족이 없다는 건 말이 안 되는데?"

노형진은 입술을 깨물었다.

아니, 설사 가족이 없더라도 흔적은 남아 있어야 한다.

"도대체 집을 팔고 어디로 간……."

노형진은 차로 돌아가려고 하다가 몸을 돌려서 다시 한번 맨션을 바라보았다.

15층쯤 되는 커다란 맨션.

대충 보니 그 안에 한 층당 대략 여덟 가구 이상이 살 것 같았다.

"박 부장님."

"네."

"이 집이 자가였습니까?"

"네?"

그건 전혀 생각해 보지 못한 질문이었기에 박 부장은 고개를 갸웃했다.

"당연히 자가였겠지요."

"당연히요?"

"그 정도 재력이 있는 사람이 남의 집에서 살았겠습니까?"

"글쎄요."

노형진은 꺼림칙한 얼굴로 말했다.

"혹시 이전에 살던 집 건축물대장…… 일본에서는 뭐라고 부르는지 모르겠네요. 하여간 그거 좀 확인해 볼 수 있을까요?"

"네?"

"아무래도 걸리는 게 있어서 말이죠."

노형진은 높은 빌딩을 물끄러미 바라보았다.

⚖

"예상대로군요."

옛집의 기록을 찾아보니 자가도 아니었다.

거기에다가 건물의 설계도를 보니 지은 지 족히 40년은 넘었을 낡고 낡은 빌라였다.

"뭐죠? 왜 이런 기록이 나오는 거죠?"

"실수죠. 대부분 찾기 위해 현재만을 바라보니까."

그들 입장에서는 주소지가 사라졌으니 당연히 추적이 끊어질 수밖에 없었고, 그게 사실이라고 한다면 지금 사는 곳을 찾으려고 했을 것이다.

"이거 어떻게 아신 겁니까? 저희는 전혀 예상하지 못했는데요."

"그 맨션 말입니다, 고급 맨션이더라고요."

"네, 그건 저희도 압니다만."

"그래서 이상하다고 생각했습니다."

그 정도 규모의 맨션을 지으려면 그 주변의 땅을 모조리 사야 한다.

거기까지는 이해가 가는데, 그걸 팔고 다른 곳에 집을 사지 않았다는 것이 이해가 가지 않았던 것이다.

"길바닥에서 사는 게 아니라면 그 당시에 그 집을 팔 처지가 아니었을 거라는 생각이 들더군요."

즉, 팔 권한이 없다는 것.

"단순히 그것만 가지고요?"

"그것만은 아닙니다. 우리가 싸우는 대상을 생각해야지요."

자신들과 싸우는 대상은 대동이다.

일본 유수의 기업이고 일본 현지에서 어마어마한 권력을 가진 집단이다.

"그들이라면 이 맨션을 지은 사람들과 접촉하고도 남지요."

"아!"

만일 그가 집을 팔았다면 그 기록이 남아 있어야 한다.

그러면 최종 거처도 갱신되었어야 정상이다.

"그런데 그게 없었죠. 즉, 집을 팔기 위한 협상에도 등장하지 않았다. 그렇다면 세입자였다는 소리죠."

"으음……."

박 부장은 눈을 데굴데굴 굴렸다.

자신은 전혀 감안하지 못한 부분이었으니까.

"그러면 그 주소지의 집주인을 찾아볼까요?"

어쨌든 해결책을 찾아낸 것 같아 박 부장은 얼굴이 환해져서 물었다.

만일 그게 사실이라면 주인만 찾으면 추적을 개시할 수 있을 테니까.

하지만 노형진은 고개를 흔들었다.

"그들을 찾아서 알아낼 수 있었다면 이미 대동에서 찾았을 겁니다. 주소지 주인에 대해 대동에서도 알아봤으리라고 예상해야 합니다."

"그런가요?"

"네."

노형진은 고개를 끄덕거렸다.

"제대로 찾으려면 그 옆집을 살펴보는 게 좋겠네요."

"옆집요?"

"네, 옆집요. 정확하게는 옆집의 주인이 아니라 그곳에 세를 살던 세입자를 찾아보는 게 맞을 겁니다."

"세입자요?"

"바로 옆에 살고 있었을 테니 뭐든 알고 있는 게 있지 않겠습니까?"

이웃사촌이라는 말이 있다.

물론 일본 문화가 주변에 폐를 끼치는 걸 싫어한다고 해도, 혹시나 누군가 아는 사람이 있을지도 모른다.

아니면 소문이라도 듣든가.

"한번 찾아보세요."

당사자가 아닌 주변 집, 그것도 세입자를 찾아보자는 말에 박 부장은 어쩌면 찾을 수도 있겠다는 생각이 들었다.

⚖️

그들을 찾는 건 어렵지 않았다.

물론 대부분의 사람들은 겐조 무카이라는 존재에 대해 잘 몰랐다.

하지만 생각지도 못한 정보가 두 개가 있었다.

"집을 팔 때 이미 비어 있었어요."

"비어 있는 집이었다고요?"

"네, 한 2년쯤 되었죠."

"네? 거기가 그렇게 자리가 안 좋았나요?"

아무리 낡은 집이라고 해도 멀쩡한 집이 2년이나 비어 있었다는 건 의외였다.

"일단 전 주인이 죽은 것도 있고……."

예상대로였다.

전 주인이 죽으면서 아들 내외가 집을 물려받았는데 재개발 이야기가 나오자 세입자와 싸우기 싫어서 아예 세를 놓지 않은 것이다.

정작 당사자에게 세를 줬던 사람이 죽었으니 당연히 두한도 추적을 계속 이어 갈 수는 없었을 테고 말이다.

"그리고 이건 소문인데, 거기서 살던 사람이 귀신에 씌어서 살인을 저질렀다고 하더라고요."

"살인요?"

"네. 거기서 살던 세입자가 자기 전 여자 친구와 그 일가족을 죽였다나?"

"네? 전 여자 친구와 그 일가족을요?"

"네, 다섯 명이나 죽였다던데요."

"헐."

그런 미친놈이 살던 집이니 누가 들어오려고 하겠는가?

일본은 지금까지도 귀신 같은 걸 믿는 나라다.

그런 소문이 돌면 아무래도 세입자 입장에서는 꺼림칙하게 여길 가능성이 크다.

그러니 들어오지 않으려고 했을 것이다.

거기에다 출소한 그 살인범이 찾아올 가능성 역시 배제할 수 없고.

물론 집주인이 적극적으로 세입자를 구했다면 또 모르지만, 집주인도 적극적이지 않다면 더더욱 빈집으로 방치될 가능성이 커진다.

"그 남자 이름은 모르시고요?"

"이름은 모르죠. 저도 소문만 들은 거라."

'다섯 명이라.'

그렇게 많은 숫자를 죽였다면 일본에서 답은 정해져 있다.

일본은 한국처럼 살인자라고 인권을 챙겨 주는 나라가 아니다.

아마 100% 사형이다.

더군다나 일본은 한국처럼 사형 폐지국도 아니다.

"감옥을 찾아봐야겠군요."

박 실장은 눈을 반짝였다.

"아니요."

그런데 노형진이 의외로 그런 박 부장을 말렸다.

"세입자가 사고를 쳤다고 했지 그 사람이 겐조 무카이라고는 하지 않았습니다."

"네? 그게 무슨 말씀이시죠?"

"나이를 그렇게 먹은 노인이 가족들을 제압하고 다섯 명이나 죽일 수 있다고 생각하세요?"

여자 친구야 사귈 수 있다. 그건 문제가 안 된다.

하지만 그렇게 나이 먹은 사람이 어떤 이유에서인지 모르지만 사람을 그렇게 죽인다는 건, 여러 가지 이유로 힘들다.

"세입자가 꼭 겐조 무카이라는 법이 없습니다. 그 당시 뉴스를 살펴봐야겠네요."

노형진은 왠지 뭐가 틀어졌는지 알 것 같았다.

⚖

그 당시 뉴스를 찾아보는 건 어렵지 않았다.

그 당시에도 제법 큰 뉴스였던 모양인지, 신문 여기저기에 도배되다시피 했었으니까.

"겐조 하다로?"

전 여자 친구를 포함한 일가족 다섯 명을 죽인 남자.

그의 이름은 겐조 하다로. 겐조 무카이의 아들이었다.

"세입자라면 같은 건물에 사는 가족들 중 한 명일 수도 있는 거니까요."

노형진은 기록을 보면서 피식 웃었다.

"그리고 일본인들의 성향을 생각하면……."

노형진은 그 겐조 하다로에 대해 조사하다가 뭔가 생각난 듯 다른 쪽을 뒤졌다.

그리고 얼마 지나지 않아서 관련 자료를 찾아냈다.

"죽었어요?"

겐조 무카이는 죽었다.

그리고 그 시신을 찾아가라고 공지가 되어 있었다.

무려 12년 전 공지이니 당연히 지금 찾아서는 나올 리가 없다.

"설마 죽었을 줄은……."

"그래서 안 나타난 거군요."

아들이 살인을 저지르고 나서 얼마 지나지 않아 쓰러진 채로 발견된 겐조 무카이.

그의 시신을 찾아가라는 공지였다.

"근데 왜 살아 있는 것으로 나온 거죠?"

이미 기록을 찾아봤는데, 그 기록에는 그가 살아 있는 것으로 되어 있었다.

그래서 그를 찾기 위해 그 난리를 친 것이다.

"일본의 망할 행정 때문이죠."

일본은 전형적인 관료적 행정이다.

그래서 책임질 일은 절대 하지 않는다.

"그의 집에서 그가 죽은 채로 발견되는 것과 그의 사망 처리는 전혀 다른 문제거든요."

정식으로 사망신고를 접수할 수 있는 건 아들이다.

하지만 아들은 감옥에 있다.

당연히 사망신고가 접수될 리가 없고 지역 공무원이 그의 사망 처리를 할 리가 없다.

한국처럼 주민등록번호가 있는 것도 아니니 인터넷에서 연계해서 사망이 뜨지도 못하고.

"우리는 모두 유령을 찾아 헤맨 셈이군요."

박 부장은 씁쓸한 미소를 지었다.

아무리 대동이라고 해도 설마 이런 식으로 사람이 증발할 줄은 몰랐을 것이다.

거기에다 12년 전 사건이니까.

"그러면 이 주식은 어떻게 되는 건가요?"

"이런 경우는 아들인 겐조 하다로가 물려받는 거죠."

"하지만 그놈은 감옥에 있지 않습니까?"

"네, 그렇지요. 그래서 문제죠."

노형진은 신문에 나와 있는 겐조 하다로의 사진을 물끄러미 바라보았다.

"하지만, 그래서 방법이 있을지도 모르겠습니다."

그리고 어쩌면 그것이 이번 사건의 구명줄이 될지도 모른다는 생각이 들었다.

"아버지가 죽었다고요?"

겐조 하다로는 어이가 없다는 표정으로 말했다.

아버지가 죽었다니, 그건 생각도 못 했으니까.

"모르셨습니까?"

"몰랐습니다. 누가 알려 주지도 않았고."

그의 얼굴에는 비통함 대신에 비웃음이 가득했다.

도무지 방금 아버지가 죽었다는 소식을 들은 사람으로는 보이지 않았다.

"잘 죽었네요, 그 노친네."

"사이가 안 좋으셨나 봅니다?"

"안 좋았냐고요? 그 인간과 대화를 해 본 지가 20년이 넘었습니다."

노형진은 대충 상황이 이해가 갔다.

그가 감옥에 간 지 12년이 되었다.

그런데 대화한 지 20년이 넘었다는 것은, 아버지가 죽기 8년 전부터 서로를 사람 취급도 하지 않았다는 소리다.

즉, 같은 집에 살기는 했지만 남남 이하의 관계로 존재했다는 걸 의미한다.

남남이라도 최소한 대화는 하니까 말이다.

"사이가 안 좋았던 이유가 뭔가요?"

"뭐 같습니까?"

그는 손을 들어서 피식 웃었다.

"그 인간, 재산이 얼마인지 아시죠?"

노형진은 고개를 끄덕거렸다.

그의 재산은 어마어마하다.

그런데 정작 그가 살던 집은 허름한 빌라였다.

그마저도 자기 집도 아니고 빌려 살던 집이었다.

"그 인간, 아니 그 새끼는 돈 말고는 아는 게 없었습니다."

오로지 돈만 바라고 살았고 돈만 지켰으며, 돈을 제외한 다른 건 쳐다보지도 않았다.

"심지어 어머니가 돌아가신 이유도 그 새끼 때문이었죠."

부인이 아픈데도 겐조 무카이는 검사를 막았다.

검사비가 없다는 이유에서였다.

돈이 없는 게 아니라, 확실하지도 않은데 돈을 비싸게 주고 검사할 필요가 없다고 우긴 것이다.

"큰 실수네요."

검사라는 것은 뭔가 잘못되지는 않았는지 확인하기 위해하는 거다.

뭔지 확실하게 알았다면 그때 들어가는 건 검사가 아니라 치료다.

"그 새끼 때문에 결국 어머니는 백혈병으로 돌아가셨죠. 그 새끼, 내가 감옥에 가게 되었을 때도 변호사를 선임해 주는 대신에 국선변호인을 찾으라던 새끼입니다. 국선변호인은 공짜인데 왜 비싼 돈을 주고 변호사를 사느냐고 하더군요."

겐조는 구역질 난다는 얼굴이었다.

그럴 만도 했다. 국선변호인은 아무래도 받는 돈이 일반 변호사보다 적다 보니 상대적으로 덜 열심히 하는 것이 사실이기 때문이다.

"더 웃긴 게 뭔지 압니까? 어머니랑 저랑 조건이 맞았다는 겁니다."

그러니까 제대로 검사만 했다면 그의 어머니는 백혈병으로 죽기 전에 최소한 기회는 몇 번 더 잡아 볼 수 있었다는 것이다.

백혈병은 골수이식을 하면 치료할 수 있는 병이니까.

하지만 겐조 무카이는 돈이 아까워서 검사조차 막았고, 그 결과가 어머니의 죽음이었다.

"그 이후에 연 끊고 살았습니다."

그러니 그에게 누구도 겐조 무카이의 죽음을 알리지 않았고 접수가 들어오지 않으니 사망 처리되지 않았던 것이다.

"죽을 때까지 돈, 돈, 돈. 그렇게 돈 가지고 지랄을 하더니."

'대충 알겠네.'

한국에서도 돈이 있어도 사치하는 것을 좋게 보지 않는 문화가 있다.

그리고 일본은 그게 더 심하다.

물론 요즘은 덜하지만, 나이 많은 사람들 중에는 돈 쓰는 걸 죄악시하는 사람도 있다.

'아마도 겐조 무카이가 그런 타입이었겠군.'

사실 주식을 초반에 투자한 게 아니라면, 보통은 거래하면서 주식의 가치를 늘리기 마련이다.

그런데 기록에 따르면 그가 산 주식은 바깥으로 나오지 않았다.

'일단 잡으면 절대 놓아주지 않는 타입.'

보통 사람들은 이해 못 하겠지만, 심한 사람들은 실제로 가족보다는 돈을 중시한다.

"뭐, 이제 와서 저보고 사망신고를 하라는 겁니까? 하고 싶지만 힘들겠네요."

말하면서 겐조는 슬쩍 손을 들어 앞을 가로막고 있는 벽을 두들겼다.

자신이 감옥에 있다는 걸 확인시켜 준 것이다.

"사망신고는 해야겠지요."

노형진은 고개를 끄덕거렸다.

"그리고 당신의 아버지가 가지고 있던 주식의 주주권을 넘겨받으시거든 저희 편을 들어 주셨으면 합니다."

노형진의 말에 겐조 하다로는 눈을 찌푸렸다.

"아버지의 주식?"

"네. 제 아군이 필요하거든요."

"웃기는군요. 그게 가능할 거라 생각합니까? 여기 이 창문 못 봤어요?"

겐조 하다로는 다시 한번 면회소 벽을 두들겼다.

"물론 바깥으로 나온다는 가정하에 말씀드린 겁니다."

순간 겐조 하다로는 침묵에 빠졌다.

바깥으로 나온다는 말.

아무리 세상을 삐딱하게 바라보는 그라고 해도 절대 쉽게 넘어갈 수 없는 말이었다.

"하고 싶은 말이 뭡니까?"

노형진은 그런 그에게 차분하게 물었다.

"아직도 억울합니까?"

"뭐요?

"스토킹과 살인. 그게 죄목이더군요."

겐조 하다로의 얼굴이 사정없이 찡그러졌다.

"지금 누구 놀리십니까?"

"놀리는 게 아닙니다. 하지만 여러모로 이상하더군요. 진짜로 하신 거 맞습니까?"

"난……."

겐조 하다로는 말을 잇지 못하고 침묵했다.

그리고 한참이 지나서야 긴 한숨을 푹 쉬었다.

"난 그 여자를 좋아했습니다. 아니, 집착했다고 표현하는 게 맞겠네요."

"집착요?"

"내가 스토킹한 거, 부정은 안 합니다."

그는 눈을 찌푸렸다.

"담배를 피우고 싶네요."

"죄송합니다."

노형진은 일본의 변호사가 아니다.

그래서 변호사 교섭이 아닌 일반 면회객으로 와서 투명한 창을 두고 이야기해야 한다. 당연히 담배 한 개비도 줄 수가 없다.

"그냥 그 멍청한 젊은 시절의 나를 욕하는 것 말고는 제가 할 수 있는 게 없네요."

그는 아까와 다르게 우울하게 말했다.

아버지에 대한 증오는 아직 사라지지 않았으나 자신에 대한 혐오 역시 그 못지않은 듯했다.

"스토킹, 했습니다. 네, 이제 와서 생각해 보면 진짜 못 할 짓을 한 겁니다."

한 여자를 사랑했다. 아니, 사랑이라고 생각했다.

하지만 생각해 보면 그건 사랑이 아니었다.

아버지에 대한 증오에서 기인한 공허감을 채우기 위해서, 한 여자에게 일방적으로 희생을 강요했다.

"그런다고 채워질 것도 아니었고 그래 봤자 다른 희생자나 만드는 건데. 10년이 넘게 여기서 생각해 보니 알겠더군요."

겐조 하다로의 목소리는 마치 늪처럼 깊숙하게 우울감 속으로 빠져들고 있었다.

"더 혐오스러운 건, 그렇게 스토킹을 하고도 정작 살인에 대한 아무런 정보도 없고 의심스러운 사람도 모른다는 겁니다."

"다른 사람이 했다고 생각하시는군요."

"저는 안 했습니다. 하늘에 맹세코 말입니다. 하지만 이렇게 되고 나니, 지금 상황이 과거에 그런 짓을 한 저에 대한 하늘의 벌인 것은 아닐까 하는 생각도 듭니다."

겐조 하다로는 그 부분에서 상당히 씁쓸한 표정이 되었다.

"물론 아주 과한 벌이라고 생각하기는 하지만요."

"반성은 하시는군요."

"반성요? 합니다. 아주 많이 반성하고 있지요. 하지만 이제 와서 뭘 어쩌겠습니까? 언제 죽을지 모르는 사형수인데 말이죠."

그는 사형이 선고되었고 언제 죽을지 모른다.

어째서 집행이 안 되는지는 모르지만 말이다.

노형진은 그런 그에게 다시 한번 물었다.

"억울한 마음이 더 크신 겁니까?"

"그렇게 계속 내 속을 긁어서 뭐 하자는 겁니까! 아까도 말했잖습니까, 후회스럽다고! 그런데 왜 자꾸 건드립니까? 더 이상 내 죄책감을 건드리지 마십시오. 어차피 얼마 안 남은 인생입니다."

아무리 주위에 맞추려 하는 일본인이라고 해도, 이 정도로 속을 긁으면 언성이 높아질 수밖에 없다.

그러자 노형진의 옆에 있는 박 부장은 고개를 갸웃했다.

노형진의 이런 행동이 이해가 가지 않아서였다.

"노 변호사님, 설마 정말 이 사람이 무죄라고 생각하시는 겁니까?"

"무죄라고 생각한다고요?"

갑자기 겐조 하다로가 고개를 번쩍 들었다.

"지금 변호사라고 하셨습니까?"

"한국어를 아시나 보군요."

분명 박 부장이 한국어로 말했는데 그는 그걸 알아듣고 도리어 캐묻고 있었다.

겐조의 얼굴이 붉어졌다.

지금까지는 자존심 때문에 일본어로 이야기하고 있었는데 상대방이 변호사고, 또 자신을 무죄라고 생각한다는 소리에 실수로 한국어가 튀어나온 것이다.

하지만 정말 상대가 그렇게 생각하고, 그래서 이 지옥 같은 곳에서 풀려날 수 있다면 자존심이 중요하겠는가?

"젊어서 한국에서 5년간 일했습니다. 그런데 지금 저를, 아니 제 무죄를 믿는다고 하셨습니까?"

"그럴 거라 생각합니다."

"아니, 노 변호사님! 그게 무슨 말씀이십니까?"

박 부장은 당황했다.

물론 그의 경력상 한국어야 할 수 있다. 그런데 갑자기 무죄라니?

"저기, 설명을 좀 해 주셔야 할 것 같습니다. 저는 아무래도 이해가 되지가 않습니다."

박 부장의 말에 노형진은 지금 상황을 그에게 이야기했다.

"일본은 사형 폐지국이 아닙니다. 사형을 집행하는 나라죠. 그런데 그는 12년째 감옥에 있습니다. 상당히 이례적인 일이죠."

실제로 일가족 몰살처럼 잔혹한 범죄였다면 사형을 집행해도 벌써 집행했어야 한다.

"그런데 안 한다는 것. 그건 재판부도 그가 저지른 죄에 대해 의심을 하고 있다는 겁니다."

"네? 의심요?"

"네."

"이해가 안 가는데요."

한국에서는 범죄자가 그 죄를 저질렀다는 것이 확실하지 않다면 그를 풀어 준다.

그래서 인터넷에서는 살인자를 풀어 줬다면서 거품을 물며 화를 내기도 하지만 '확실하지 않은 것은 피고인에게 유리하게'가 대한민국 법의 대원칙이니 어쩔 수 없다.

"하지만 일본은 아니죠. 일본은 형법에 관해서는 다른 나라들로부터 전근대적, 아니 봉건적이라고 욕을 먹는 나라입니다."

확실하지 않아도 일단 감옥에 넣어 두고 본다는 게 일본 형법의 기본이다.

그렇다 보니 후진적이라고 엄청나게 욕을 먹는데, 그럼에도 일본 정부는 그걸 고칠 생각이 없다.

"거기에다 일본의 삼심제도는 이상하거든요."

"이상해요?"

"네. 재판부의 독립성이 인정되지 않습니다."

2심은 1심에서 가지고 온 증거에 기반하여 재판이 이루어진다.

"여기서부터 문제가 생기죠."

한국에서는 1심에서 이 증거에 대해 어떠한 해석을 붙였다 하더라도 1심과 2심을 별개로 취급한다.

즉, 2심에서 같은 증거를 놓고 1심과는 다른 판단을 할 수 있다는 뜻이다.

이를 자유심증주의라 한다.

"하지만 일본은 아니죠."

1심에서 제출된 증거를 다른 식으로 해석할 수가 없다.

이미 답이 나왔다면 다른 해석을 하는 것은 불법이다.

"그리고 1심을 통하지 않은 새로운 증거는 거의 인정하지 않습니다. 그게 아무리 확실한 증거라 하더라도요."

"확실해도 안 된다고요?"

"네, 심지어 유전자도 인정하지 않는 경우가 많지요."

"유전자요? 미친 거 아닙니까?"

박 부장은 질려 버렸다는 듯한 표정을 지었다.

현대 과학수사의 꽃이 바로 유전자 검사다.

전 세계적으로 과학적 수사가 도입된 곳은 거의 100% 유전자를 인정한다.

"하지만 일본은 아니죠. 그래서 후진적이라는 겁니다. 전형적인 관료주의에 잘못을 반성하지 않는 일본 특유의 문화가 붙어 버린 거죠."

그래서 문제가 된다.

삼심제도라는 것 자체가 혹시 모를 실수를 예방하고자 만들어진 것이다.

그런데 일본은 2심부터 3심까지, 1심을 기반으로 깔고 판단한다.

"일본에서는 1심이 뒤집어지는 게 기적에 가깝죠."

그래서 일본에서는 아무리 작은 사건이라도 2심에서 뒤집어지면 뉴스를 타고 대서특필된다.

심지어 아무리 작은 사건이라고 해도 만일 2심에서 뒤집어지면 일본의 검사는 책임지고 사직한다.

"좋게 말하면 책임지는 문화지만 나쁘게 말하면 일종의 협박인 거죠, 끼리끼리 붙어먹는. '이거 뒤집으면 나 때려치운다.'라는 식의."

"그런 문화랑 겐조 하다로가 무슨 관련이 있는 거죠?"

박 부장은 겐조를 빤히 바라보면서 물었다.

일본의 법이 엿 같은 거랑 이 사람의 형이 이루어지지 않은 데 무슨 관계가 있단 말인가.

"그래서 문제입니다. 1심에서 사형이 떨어졌는데 아무래도 의심스러운 상황이 많은 경우가 있습니다."

살인을 했다는 심증은 있는데 물증은 없거나, 아니면 물증이 있는데 살해할 이유가 없는 등 살인 사건과 관련해서 확신이 없는 경우가 있다.

"일본에서는 그렇게 사건 관련해서 확신이 없는 경우에 풀어 주는 대신에 대상을 무기한으로 잡아 둡니다. 재판부와 사법부가 사과를 하는 대신에 한 사람의 인생을 아예 망가트리는 걸로 은폐하는 거죠."

그 말을 들은 겐조의 얼굴이 사정없이 찡그러졌다.

자신이 그 대상이었으니까.

"그걸 '엔자이'라고 합니다."

"으음……."

"일본에서 검사가 기소한 사건에 유죄 판결이 내려질 확률은 99.9%가 넘습니다."

쉽게 말해서 검사가 기소하는 순간 감옥행은 피할 수 없다는 것이다.

박 부장은 자신도 모르게 고개를 흔들었다.

"한국 사람인 게 다행입니다."

"다행 아닙니다. 한국도 기소 시 유죄 확률이 99%가 넘습니다."

"네?"

전혀 몰랐던 사실에 박 부장은 깜짝 놀랐다.

설마 그 정도일 줄은 몰랐던 것이다.

"사실 전 세계적으로 검찰의 기소 시 처벌 비율은 낮지 않습니다. 미국도 비율이 97% 정도입니다."

"그러면 비슷한 거 아닌가요?"

"비율은 비슷하지만 한국과 일본과는 전혀 다르죠. 미국 같은 경우는 아예 검사가 2심 항소를 못 하죠."

검사의 역할은 딱 1심에서 끝나기에, 미국은 악착같이 자료를 밀어 넣고 1심에서 판결을 최대한 뽑아낸다.

그리고 피의자만 항소를 해서 재판을 받아 유무죄를 판단한다.

"하지만 한국은 아니죠."

기소했다가 무죄를 받거나 2심이나 3심에서 뒤집어져도 아무런 책임도 지지 않는 한국의 검사들.

거기에다 미국과 다르게 형량이 마음에 안 들면 더 처벌하라고 요구하는 항소를 할 수가 있다.

"물론 1심에서 터무니없이 낮은 형량을 내려서 항소를 할 수도 있다지만 그런 것치고는 검사들의 항소 비율은 너무 과하게 높지요. 대부분의 검사들이 항소를 법을 기준으로 판단하는 게 아니라 괘씸죄처럼 생각하거든요."

자기한테 굽실거리지 않거나 본인이 무죄라고 주장하면 100% 항소가 들어간다.

그걸 막으려면 검사에게 굽실거리거나 뇌물을 줘야 한다.

"그게 한국의 문제죠."

"으음, 그러면 일본은 그 부분에서는 좀 자유롭겠군요."

"그것도 아닙니다. 아까도 말씀드렸다시피 법적인 구조 자체가 잘못되어 있으니까요. 새로운 증거가 인정되지 않으니 당연히 결과도 같지요. 뭐, 그건 나중에 해결하기로 하죠."

노형진은 머리를 흔들며 말을 정리했다.

한국 문제는 한국에서 해결하면 된다.

"중요한 건 겐조 씨를 풀어 주는 겁니다. 그래야 주식을 넘겨받을 수 있으니까요."

그래야 그가 주식에 대한 정당한 권리를 행사할 수 있으니까.

"그런데 가지고 있는 주식이 어디 건지 모르겠네요. 그 인간이 주식을 계속 사서 긁어모은 건 아는데, 조금만 관심을 보여도 돈을 빼앗으려고 그러느냐면서 지랄을 해 대서 물어본 적이 없거든요."

"대동의 주식입니다."

"대동요?"

깜짝 놀란 표정이 되는 겐조.

대동이라면 그 규모가 어마어마하다는 걸 알기 때문이다.

"아마 시가로 따지면 못해도 50억 엔 이상이 될 거라 생각합니다."

"5…… 50억 엔요?"

전혀 예상하지 못한 수치가 나오자 겐조의 눈빛이 떨리기 시작했다.

50억 엔은 절대 작은 숫자가 아니다.

아니, 그의 인생 자체를 바꾸고도 남는 돈이다.

50억 엔이면 한국 돈으로 500억이 넘는 어마어마한 돈이니까.

"물론 살 때는 그 정도는 아니었을 겁니다."

하지만 겐조 하다로의 아버지 겐조 무카이는 주식을 계속 긁어모아 쌓아 두기만 했다.

그리고 그사이 대동은 급속도로 성장했다.

"인성은 나빴을지도 모르지만 투자에 대한 눈은 있었던 거죠. 아니면 운이 진짜 좋았든가."

노형진은 그렇게 말하면서 고개를 흔들었다.

"하지만 말을 들어 보니 당연히 재산관리인이나 전담 변호사는 없었을 테고요."

전담으로 붙으면 그때그때 돈을 주는 게 아니라 계속 돈을 지급해야 한다.

겐조 무카이의 성격이라면 절대 그런 짓을 할 리가 없다.

"결국 갑작스럽게 죽자 그 재산을 처리하거나 처분해 줄 사람이 없었던 거죠."

"……."

겐조 하다로는 왠지 묘한 표정이 되었다.

평생을 증오했던 아버지다.

그런데 이제는 자신에게 막대한 유산을 남겼다.

물론 자신이 여기서 나간다는 가정하에 말이다.

"그런데 그 인간은 왜 죽은 겁니까? 저승사자도 안 데려갈 것 같았는데요."

"그건……."

노형진은 긴 한숨을 내쉬었다. 그 사망 이유 자체가 웃겼으니까.

"동사입니다."

"동사요?"

"네. 갑작스러운 한파가 몰아닥쳤죠."

일본의 주택들, 특히 오래된 빌라들은 난방이 무척이나 취약한 편이다.

물론 일본이 본래 상당히 따뜻한 편에 속하기에 일반적으로는 난방에 신경 쓸 일이 없다.

하지만 세계 이상기후로 인해 그해에 갑자기 어마어마한 한파가 몰아닥쳤다.

"미친 새끼."

겐조는 저절로 비웃음이 나왔다.

안 봐도 뻔하다. 돈을 아끼겠다고 난방도 제대로 안 돌리고 자다가 얼어 죽었다는 소리니까.

"그리고 정부에서는 그걸 보고 깊이 파고들지 않은 거죠."

발견 당시에 겹겹이 입은 오래된 옷들과 이불을 보고 가난한 사람이 그냥 얼어 죽은 걸로 보고 자세한 조사 없이 신문에 시신을 찾아가라는 공지를 올리고 끝.

그게 다른 곳들이 삽질을 한 가장 큰 이유였다.

죽었다는 신고도 안 된 상황에서 그렇게 그냥 증발했던 거니까.

"재산이 많다고 해도, 문제는 저희가 겐조 씨를 꺼내는 겁니다."

노형진은 그를 물끄러미 바라보았다.

사실 그에게 위임장만 받아서 가도 하등 문제가 없기는 하다.

"하지만 아무런 혜택도 없이 겐조 씨가 저희에게 위임장을 주실 리가 없죠."

겐조 하다로가 바보도 아니고, 그럴 리가 없다.

그리고 교도소에서 얻을 수 있는 혜택이라고 해 봐야 뻔하다.

"그리고 상황을 보아하니 겐조 씨는 억울한 것 같고요."

"후우."

긴 한숨을 쉬는 겐조 하다로.

이 상태로는 자신은 그냥 감옥에서 죽을 수밖에 없는 상황이었다.

"이 경우는 어쭙잖은 증거를 들이미는 건 소용없을 겁니다."

새로운 유전적 정보? 새로운 증인? 새로운 증거?

다 의미가 없다.

일본 법원에서 인정하지 않으면 그만이다.

실제로 어떤 사람이 억울하게 미성년자 강간 살인죄를 뒤집어쓰고 감옥에 간 적이 있었다.

그는 무려 17년간 감옥에 있었는데, 새로운 유전자 증거가 나오고 피해자 가족들조차 그가 범인이 아니라는 증언까지 했음에도 불구하고 인정되지 않았다.

다만 그 일이 있은 이후에 진짜 범인이 잡혔는데, 그 당시 재판부는 미안하긴 한데 내 잘못은 아니라고 일축한 게 끝이었고 그에 대한 어떠한 배상도 없었다.

'그러고 보면 잘못을 인정하지 않는 건 일본인 종특인 것 같네.'

노형진은 왠지 한국 정부와 과거사 문제로 싸우는 일본의 버릇을 생각하고는 고개를 흔들었다.

"아마 사건을 뒤집기 위해서는 사건의 범인을 잡아야 할 겁니다."

"사건의 범인을요?"

"네. 그러니 관련 사건에 대해 자세하게 알려 주십시오.

그런데 믿을 만한 변호사가 혹시 있나요?"

그는 고개를 흔들었다.

믿을 만한 변호사가 있었다면 자신이 이런 식으로 감옥에 오지도 않았을 것이다.

"제1심 변호사가 한 말은 선처를 부탁드립니다, 한마디뿐이었습니다."

"흠……."

노형진은 턱을 문질렀다.

"어쩌면 거기서 시작될지도 모르겠네요."

"네?"

"뭐, 별거 아닙니다. 사건에 대해 들어 볼 수 있을까요?"

이거야말로 이이제이

　겐조 하다로는 전 여자 친구를 비롯한 일가족 다섯 명을 살해한 혐의로 체포되었다.

　사실 엄밀하게 말하면 여자 친구도 아니었지만 말이다.

　그리고 살해 방식은 그녀의 집에 들어가서 자고 있던 일가족을 한 명씩 칼로 찔러 죽인 것이었다.

　"그런데 그 증거가 칼이라는 거군요."

　칼로 사람을 찔러 죽였는데, 그 칼에서 겐조 하다로의 지문과 유전자가 나왔다.

　겐조 스스로도 그 칼이 자신이 쓰던 부엌칼이라는 것을 인정했고 말이다.

　"그런데 왜 자신의 집에 있는 부엌칼이 살해 현장에 있는지는 모른다고 했군요."

"네."

박 부장은 그걸 보면서 고개를 갸웃했다.

"증거는 명확하네요. 하지만 여러모로 말이 안 되는 것 같은데요."

"그렇지요?"

일단 사망한 피해자의 상황이 문제다.

가족은 그녀를 포함하여 다섯 명이다.

"그리고 그 집은 방이 한 개란 말이죠."

일본은 땅은 좁은데 인구는 많다.

그래서 일반적으로 사는 집이 좁은 편이다.

"하긴 일드랑은 좀 다르죠."

"뭐, 그건 한국도 마찬가지 아닙니까?"

일드에서 보면 어지간한 사람들은 방 두세 개짜리 집에서 지내지만 실제로는 대기업 부장급이 아니면 30평대는 대부분 꿈도 못 꾸고, 가장 많은 평수가 18평형이다.

물론 실평수는 그보다 더 적고 말이다.

"한국 드라마도 보면 서민들이 2층짜리 집에서 살잖아요."

"그러네요, 후후후."

박 부장은 피식 웃으면서 사건 파일을 넘겼다.

"일단 마루에서 피해자의 아버지와 할아버지 그리고 동생이 자고 하나뿐인 방에서 어머니와 피해자가 자는 구조였는데 말이죠."

즉, 어느 쪽으로 들어가든 한꺼번에 상대방을 제압할 수는 없다.

"법원에서는 이걸 잠자고 있을 때 무저항으로 죽인 증거라고 판단했군요."

"이 판사는 살인 사건을 맡은 경험이 있기는 한 걸까요?"

옆에서 사람을 죽이는데 모르고 잔다? 말도 안 된다.

물론 훈련받은 사람들이라면 가능하다.

하지만 훈련받지 못한 사람이 한 번에 칼로 여러 사람을 저항 없이 죽이는 건 기적에 가깝다.

"그리고 겐조의 직업을 보면 칼과는 전혀 관련이 없는 직업이고요."

살인 사건에 쓰인 흉기는 일본의 가정에서 흔하게 쓰는 칼, 속칭 '사시미'라고 하는 긴 칼이었다.

"그리고 그 칼로 정확하게 갈비뼈 사이의 심장을 찔렀다."

노형진은 사진을 보면서 눈을 찌푸렸다.

보기 좋은 사진은 아니었다.

"이건 전문가의 솜씨네요."

"어떻게 아시나요?"

"일반인들은 누군가를 죽이려고 하면 배를 노리지 갈비뼈를 노리지 않습니다. 보호받고 있어서 장기를 공격하기가 쉽지 않거든요."

갈비뼈라는 부분이 그냥 존재하는 게 아니다.

그 부분은 외부의 공격에 사람의 장기를 보호하기 위해서 존재하며, 당연히 그 강도는 생각보다 어마어마하다.

"한 번도 아니고 다섯 번 연속 갈비뼈 사이를 정확하게 관통해서 찌른다는 게 가능할까요?"

일반인은 불가능하다. 그럴 수가 없다.

"하지만 부검 기록에 보면 갈비뼈에 상처가 없어요. 즉, 사람의 몸에 대해 잘 알거나 아니면 살인 경험이 있는 사람이라는 거죠."

노형진은 그렇게 말하면서 다음으로 파일을 넘겼다.

거기에는 불에 타다 만 집 사진이 들어 있었다.

살인 이후에 불을 질렀다.

증거를 없애기 위해 잘 쓰는 방법이었다.

"그런데 불을 지르는 것과 칼을 두고 나가는 건 전혀 다른 성향이군요."

집에서 칼을 가지고 왔다는 것.

그건 무기를 준비했다는 거다. 당연히 준비성이 뛰어난 타입이라는 소리다.

"그런데 그렇게 치밀하게 준비하는 녀석이 칼을 두고 갈 리가 없죠."

더군다나 불을 지른 것도 어설프다.

이불에 불을 붙였는데 소방서에서 출동해서 불을 껐다.

"만일 제대로 준비했다면 칼도 새로 사고 기름도 준비했을 겁니다."

그런데 불은 이불에 지르고 칼은 싱크대 위에 올려 두고 갔다.

"대놓고 그에게 살인을 뒤집어씌우려고 한 흔적이 보이네요."

"일본의 검사는 그런 걸 몰랐을까요?"

"글쎄요."

모른 것일 수도 있고, 알고 싶지 않았을 수도 있다.

확실한 증거가 있고 상대방은 그걸 뒤집을 수가 없으니까.

"거기에다 겐조 하다로 씨가 그녀에게 매달린 것도 사실이니까."

주변의 증언에 따르면 겐조는 족히 3개월은 그녀에게 연락하고 빌며 집착했다.

좋게 말해서 매달린 거지, 이 정도면 스토커로 처벌받아도 이상할 게 없다.

"그러니 검사도 당연히 겐조 하다로가 범인이라고 생각했을 테죠."

스토커가 일가족을 참살하는 건 흔하게 있는 일이니까.

"그리고 누군가가 그에게 뒤집어씌우기도 편하고요."

박 부장은 안다는 듯 고개를 끄덕거렸다.

조금만 조사하면 그의 스토킹 기록이 나올 테니까.

"거기에다 그는 좀 폐쇄적인 성격이고."

부모와 사이가 안 좋고 세상을 삐딱하게 보는 사람이다 보니 아무래도 주변에 나다니면서 증인이나 증거를 만드는 타입이 아니다.

따라서 검찰이 그때 어디 있었느냐고 물어봤을 때 집에 있었다는 말밖에는 할 말이 없었을 것이다.

"그러니 죄를 뒤집어씌우는 것이 어렵지 않았을 테고."

노형진은 턱을 문질렀다.

쉽게 말해서 겐조 하다로는 안 좋은 타이밍에 안 좋은 곳에 있었다고 보는 게 맞을 것이다.

"상황을 보면 누군가가 그의 칼을 훔쳐서 가족을 몰살하고 관련 증거를 조작했다는 편이 맞겠네요."

"하지만 카메라가 있지 않습니까?"

분명 그가 입던 옷을 입은 누군가가 들어가는 장면이 찍힌 영상이 있다.

그것도 증거로 제출되었고, 유죄를 밑받침하는 강력한 증거가 되었다.

"칼도 훔쳤는데 옷 한 벌 더 못 훔치겠습니까?"

상황상 그에게 죄를 뒤집어씌우기 위해서는 그를 오래 감시해야 한다.

그랬다면 그가 평소 즐겨 입던 옷이 뭔지 알아내는 것은 어려운 일이 아니다.

"더군다나 영상을 보면 얼굴이 드러난 것도 아니고요."

마스크를 쓰고 집으로 들어가는 사람.

그 사람이 겐조 하다로인지 아닌지는 알 수가 없었다.

그저 겐조 하다로가 평소에 입던 옷차림이라는 것뿐.

"결정적으로 위치가 애매합니다."

"애매하다고요?"

"집의 현관을 제대로 찍고 있더군요."

"그래서요?"

"계획범죄를 저지르는 놈이라면 카메라 위치부터 확인할 겁니다."

"아!"

만일 즉흥적으로 저지른 범죄라면 왕복 한 시간이 넘는 거리를 가서 칼을 가지고 오지 않았을 것이다.

그가 쓰던 칼이 특별한 것도 아니고, 근처 아무 가게에 가도 그런 칼은 넘쳐 나니까.

"그리고 영상이 찍혔다는 것 자체가 중요하죠."

"어째서요?"

"뒷모습이 잘 찍혔잖습니까?"

"네, 그게 증거가 되었죠."

"카메라가 있다는 걸 모르면 뒷모습만 찍힐 수가 없죠."

"그렇군요. 그 부분은 생각 못 했겠네요."

카메라가 시점을 움직이는 것도 아니고 고정되어 있는데 계속 움직이는 사람이 뒷모습만 찍혔다는 건 말이 안 된다.

"이 구도에서 보면 보통 사람은 옆모습이 한 번은 찍힐 수밖에 없는 구도거든요."

그런데 문을 열 때도 뒤쪽으로 몸을 돌린 상태로 움직였다.

"거기에다 가로등 문제도 있죠."

"가로등 문제요?"

"네."

노형진은 사진에 있는 가로등 하나를 가리켰다.

"살인 사건이 벌어진 시간은 새벽 2시입니다. 그리고 밤에는 불이 별로 없죠. 이 시간에 열쇠로 문을 열려면 열쇠 구멍에 제대로 열쇠를 넣어야 합니다. 그리고 가로등은 카메라 쪽에 있지요."

"……!"

정상적인 사람이라면 가로등을 앞에 두고 열쇠 구멍을 맞출 것이다. 그래야 잘 보이니까.

"하지만 이 카메라에 있는 사람은 바로 뒤에 가로등을 두고 있지요."

안 그래도 컴컴한 밤. 거기에다 가로등까지 등지고 있으면 당연히 더 어두워져서 구멍이 안 보인다.

"그런데도 불구하고 굳이 가로등을 등지고 있어요."

"카메라가 있다는 걸 알고 한 행동이군요."

"네."

아무리 마스크를 쓰고 있다고 하지만 범죄자라면 얼굴이

드러나는 걸 최대한 막고 싶을 테니까.

"당장 마스크가 눈을 가리지는 못하니까요."

눈매만 달라도 범인은 달라진다.

그러니 눈을 드러내지 못하는 것이다.

"즉, 범인은 겐조 하다로와 덩치가 비슷하다고 봐야 합니다."

"으음……."

"하지만 겐조와 다르게 아마도 근육질일 겁니다. 같은 옷을 입었으니 아마도 실전 근육 스타일일 테고요. 근육이 압축된 타입이라고 해야 하나요?"

"실전 근육요?"

"네."

노형진은 테이블 옆에 있는 볼펜을 쥐고 사람을 깔고 앉은 형태로 자세를 잡았다.

"범인은 사람을 죽이러 왔습니다. 하지만 끝날 때까지 피해자들이 깨기를 원하지 않았습니다. 그런데 칼을 가슴에 찔러 넣으면 비명을 지를 수도 있고 마지막 몸부림을 칠 수도 있죠."

"으음……."

"그걸 막기 위해서는 이렇게 피해자를 아래에 두고 한 손으로 입을 막고 다른 한 손으로 칼을 잡고 휘둘러서 찔러 넣어야 합니다."

그 자세를 똑같이 하던 박 부장은 고개를 끄덕거렸다.

"힘이 부족해지네요."

"네."

아무리 갈비뼈를 잘 피해 찔러 넣어도, 아무리 칼이 날카로워도 사람의 근육은 생각보다 질기다.

거기에다 여자라면 가슴 부위가 도드라지기 때문에 더더욱 힘들다.

"그런데 다섯 명 다 한 번에 살해했죠. 힘이 빠지지도 않고요."

양손으로 하면 모를까, 한 손으로 그렇게 하는 것은 힘들다.

"결국 전문적인 사람이라는 거네요."

"네. 그러니 재판부 입장에서는 사형을 집행하기가 애매할 겁니다."

증거는 명백한데 의심스러운 부분이 많다.

하지만 이 일은 그 당시에 사회적으로 시끄러운 사건 중하나였고 또 모든 국민들이 관심을 가지는 뉴스였다.

"그리고 그런 경우는 한국에서도 가짜 가해자를 만들어 내는 게 흔하게 있는 일이었죠."

하물며 전근대적이라고 욕먹는 일본의 형법 구조에서는 더더욱 그럴 것이다.

"그러면 이제 어떻게 진범을 잡느냐가 관건이네요."

증거는 전혀 없다.

아무리 범인을 잡고 싶다고 해도 증거가 없으면 추적이 불가능하다.

'칼에도 흔적이 없겠지.'

칼에 다른 유전자가 없었다는 것 자체가 가해자가 장갑 같은 걸 끼고 있었다는 증거다.

즉, 노형진의 사이코메트리 능력도 소용이 없다는 거다.

"범인은 나중에 잡아야지요."

"범인을 나중에 잡는다고요?"

"네. 중요한 건 범인이 아니라, 겐조 하다로 씨를 꺼내는 겁니다."

"하지만 무슨 수로요? 일본 정부에서는 절대 꺼내 주지 않을 텐데요."

노형진 스스로가 말하지 않았던가?

유전자 검사도 인정하지 않고, 결코 풀어 주지 않는다고.

"그건 일반 사건을 기준으로 한 거고요."

"일반 사건? 이번 사건은 뭐가 다른가요?"

"이번 사건이 다른 게 아니라 겐조 하다로가 가진 게 다르죠."

"뭐가 다르다는 말씀이신지?"

박 부장은 고개를 갸웃했다.

"겐조 하다로가 가진 것요."

"주식을 가지고 있죠. 그런데 그게 무슨 의미가 있습니까?"

그가 그걸 가지고 있다는 걸 다른 사람들은 모르는데.

노형진은 피식 웃었다.

"우리와 겐조 하다로는 협상을 했죠. 하지만 그 협상이 진범을 잡는 거였나요?"

"네?"

"그런 조항이 있었나요?"

박 부장은 고개를 흔들었다.

범인은 아무런 상관도 없다.

자신들의 목적은 겐조 하다로를 감옥에서 꺼내는 것.

"하지만 우리가 꺼내기에는 한계가 있습니다."

겐조를 감옥에 집어넣은 것은 일본이라는 나라의 사법부다.

그리고 일본의 전통적인 사법 관점에서 본다면, 그의 무죄를 위해 싸운다는 것은 일본의 사법을 적으로 돌린다는 소리나 마찬가지다.

"우리가 진실을 추적하는 걸 일본 정부는 좋아하지 않을 겁니다."

일본 정부는 원래부터 진실에는 관심이 없었다.

오로지 이권만 추구하는 정부다.

오죽하면 '유사 민주주의'라는 말이 나오겠는가?

"맞습니다. 우리끼리 싸운다면 그렇지요."

아무리 신동하가 나름 힘을 가지고 있다 해도 아직은 많이 부족하다.

절대 일본의 사법부를 뒤집을 수 없다.

"하지만 다른 사람들이라면 이야기가 달라지지요."

"다른 사람들요?"

"우리만 겐조 하다로가 필요한 건 아니지 않습니까?"

"아……."

그 말을 들은 박 부장의 눈이 빛났다.

그러고 보니 자신들이 겐조 하다로를 찾은 이유도, 그의 억울함 따위를 알고 있어서가 아니라 그에게 요구할 게 있어서가 아닌가?

"그리고 그들에게 이 정보가 가면 어떻게 될까요?"

완벽한 승패의 카드를 쥔 사람이 드디어 추적되었다.

그리고 그가 억울하게 감옥에 있다는 걸 알게 된다면…….

"신동우와 신동성이 어떻게 해서든 힘쓰려고 하겠네요."

겐조 하다로에게 잘 보여야 하니까.

"네. 하지만 우리가 먼저 계약했으니 그들은 헛되이 힘을 쓰는 것뿐이죠."

그렇다고 그들을 이용하지 말라는 법은 없다.

"우리가 힘이 없으면 그들이 대신 힘을 쓰게 만들면 됩니다, 후후후."

⚖️

신동하는 노형진에게 이야기를 듣고 어떻게 신동우에게 알려 줄까 고민했다.

"전처럼 찾아갈 수도 없을 텐데요."

내부에 없다면 모를까, 이제 내부에 들어온 이상 아군이라기보다는 적. 최소한 중립 세력이다.

자신이 굳이 찾아가 정보를 알려 준다면 믿을 리가 없다.

설사 믿는다 해도, 꿍꿍이가 무엇인지 당연히 의심할 테고 말이다.

"전처럼 가서 정보를 주는 건 안 됩니다. 제일 좋은 건 자연스럽게 흘리는 겁니다."

문제는 접점이 없이 그들이 스스로 찾아냈다고 생각하게 해야 한다는 거다.

"이거야 원. 보안을 철저하게 한 게 문제가 될 줄은 몰랐네요."

신동우나 신동성이 스파이를 보낼까 봐 조심했더니 필요할 때 역으로 정보를 뿌리기가 힘들어져 버렸다.

"제가 겐조 하다로를 찾아갈까요? 분명 저를 감시하는 놈이 있을 텐데요."

"그러면 더 의심할 겁니다. 특히나 우리에게 포섭된 게 아닐까 하는 의심을 하겠지요. 그들이 보기에는 우리와 접점이 없는 게 확실하다고 생각할 구조로 만들어야 합니다."

"어떻게요?"

그게 쉽지 않다.

하지만 노형진의 말에 신동하는 아차 싶었다.

"너무 어렵게 생각할 건 아니죠. 결국 기본 권리의 문제 아닙니까?"

"기본 권리?"

"아버지가 죽었으니 아들이 그걸 물려받는 건 당연한 거 아닙니까?"

"아!"

그가 감옥에 있다고 해서 그 재산에 관한 권리가 사라진 것은 아니다, 다만 그걸 쓰지 못할 뿐이지.

"하지만 변호사를 사서 정식으로 상속 절차를 밟는 건 어려운 게 아니죠."

"그걸 생각 못 했네요."

"그리고 그 재산을 이용해서 자기 변호사를 사서 2심을 진행하면 됩니다. 일이 그쯤 되면 신동우와 신동성이 모를 수가 없지요."

"그 변호사를 제 사람으로 넣어 두기만 하면 되는군요."

"네, 후후후."

그 변호사는 최선을 다해 싸워 주면서 동시에 신동우와 신동성이 그에게 접근하는 것을 도와줄 것이다.

그들은 최대 주주인 겐조 하다로의 마음을 얻기 위해 최선을 다할 테고 말이다.

"그 말은, 사실상 대동 그룹이 겐조 하다로를 꺼내 주기 위해 최선을 다한다는 말이죠."

"재판부 하나가 이길 수 있을 정도의 압력은 아니겠군요."

"확실하게 꺼낼 수 있을 겁니다."

"알겠습니다. 그러면 믿을 만한 변호사를 찾아보도록 하지요."

"있습니까?"

"제 친구 중에 있습니다."

"혹시나 신동우나 신동성 쪽으로 넘어가지는 않겠습니까?"

"그 친구가요?"

신동하는 피식 웃었다.

"절대로 그럴 일 없습니다. 대동에 취업했다가 잘렸거든요."

"잘려요?"

"네. 부라쿠민 출신입니다."

"아······."

부라쿠민. 일본의 불가촉천민이라고 볼 수 있는 존재다.

비공식적으로 기업들은 그 명단을 관리하면서 취업도 안 시켜 준다.

"제가 안 건 그 이후입니다."

부라쿠민 출신이라는 이유로 로펌에서도 받아 주지 않아 돈이라도 벌어 보겠다고 대동에 들어갔지만, 나중에 부라쿠민 출신인 게 드러나면서 위에서 대놓고 나가라고 하는 바람에 어쩔 수 없이 그만뒀다고 한다.

"대동이라면 이를 갑니다. 절대 안 넘어갑니다."

"그러면 가격도 얼마 안 하겠군요."

"네. 메이저 변호사 노릇은 못 하니까요."

그냥 동네 사건이나 하면서 근근이 먹고살고 있다고 한다.

그나마도 전에 있던 동네에 부라쿠민 출신인 게 소문이 나서 더 안 좋은 곳으로 이사 왔다던가?

'뭔 뜻인지 알겠군.'

대한민국도 변호사들이 모이는 곳은 법원 앞이다.

그런데 가끔 전혀 생각지도 못한 곳에 뜬금없이 변호사 사무실이 있는 경우가 있다.

이런 경우는 둘 중 하나다.

진짜 서민과 함께하면서 일하려고 하는 사람, 아니면 세력 싸움에 밀려서 쫓겨난 사람.

'아니지. 부라쿠민 출신이면 세력 싸움을 할 새도 없이 바로 추방되지.'

노형진은 고개를 끄덕거렸다.

"그러면 대충 각이 나오네요."

"각이 나오다니요?"

"겐조 하다로 씨는 돈이 없거든요."

"네? 돈이 없다고요?"

"네."

"하지만 아버지 재산은요? 주식이 50억 엔어치가 있는데요?"

"그게 문제입니다."

겐조 하다로 자신이 가진 돈은 별로 없다.

주식은 아직 명의가 아버지로 되어 있어서 손을 댈 수가 없다.

"유일하게 남은 돈이, 전에 살던 집을 빼면서 돌려받은 겁니다."

"아!"

그러면 가난한 겐조 하다로가 가장 싼 변호사를 찾다가 만났다는 그림이 나온다.

"그리고 그 변호사가 재산을 정리하다가 아버지가 돌아가신 걸 안 거죠."

그리고 상속을 개시하는 시나리오.

그런 거라면 신동하가 드러날 일은 없다.

"과연 도구가 되어 버린 신동우와 신동성이 뭐라고 할지 궁금하군요, 후후후."

"평생 남을 도구로 써 왔으니 자기들도 한번 당해 보라고 하는 것도 나쁘지 않네요."

신동하는 눈에서 빛을 내뿜으면서 말했다.

⚖️

"뭐라고?"

신동우는 자신의 귀를 의심했다.

"겐조 무카이의 주식에 대해 상속 신청이 들어왔어?"

"네. 아들인 겐조 하다로가 상속을 하겠다고 정식으로 요청하겠습니다. 법원을 통해서도 접수되었고요."

"그러면 겐조 무카이가 죽은 거야?"

"그런 것 같습니다."

"아니, 그런데 왜 이제야 튀어나와!"

"그게……."

상황이 벌어지기 전에는 이해하기 힘든 일이었지만 상황이 벌어지고 나서는 쉬웠다.

당연히 겐조 무카이가 죽었다는 것을 가정하고 조사하자 노형진과 같은 결과가 나오는 것은 어려운 일이 아니었다.

"크윽…… 쓰으읍……."

신동우는 자신도 모르게 입술을 깨물었다.

일본의 황당한 행정절차 때문에 생각지도 못한 문제가 생긴 것이다.

"그 사람이 그걸 물려받으면 어떻게 되는 거야, 그러면?"

"그가 누굴 선택하느냐에 따라 승패가 갈린다고 보시면 됩니다. 그가 가지고 있는 대동중공업의 주식은 그룹 차원에서 보면 절대 작지 않습니다. 아무래도 대동중공업이 모기업이기 때문에……."

"젠장! 이거 신동성 그 새끼도 알고 있겠지?"

"모르지는 않을 겁니다."

공식적인 자료이고, 그걸 자기 사람들만 독점할 수는 없으
니까.

"그래서 방법은?"

"가장 좋은 무기는 그를 꺼내 주는 겁니다."

"꺼내 줘? 어디에서?"

"감옥입니다."

"감옥? 감옥에 있어?"

"네, 사실은⋯⋯."

부하는 신동우에게 상황을 설명했고, 그 설명을 들으면서
신동우는 머리가 지끈거렸다.

안 그래도 복잡해 죽겠는데 교도소 문제까지.

"우리가 커버할 수 있겠어?"

"대충 조사해 보니 사건에 의혹이 많습니다. 잘하면 2심에
서 뒤집을 수 있을 듯합니다."

물론 그런 경우 검사가 책임지고 검찰을 나가지만 말이다.

"혹시나 말이야, 그 사건을 담당했던 사람들이 영전했다
거나 그런 건 아니지? 그런 걸 뒤집으면 우리가 곤란해져."

신동우는 조심스럽게 물었다.

12년 전 사건이다.

만일 그 사람이 위쪽으로 올라갔다면 섣불리 건드리는 것
이 힘들다.

하지만 불행인지 다행인지 그렇지는 않았다.

"다행히 그 당시 검사와 판사는 이미 퇴직해서 변호사로 활동하고 있습니다."

"그러면 그걸 2심에서 뒤집을 수 있겠군."

"네, 하지만 쉽지 않을 겁니다. 아시다시피 판사들의 자존심이……."

"지금 판사들 자존심 따위가 문제야?"

신동우는 '쾅' 소리가 나게 책상을 내리쳤다.

"어떻게 해서든 그를 붙잡아 와! 그가 신동성 그 새끼한테 넘어가면 우리가 어떻게 되는지 몰라?"

부하는 찔끔했다.

자신은 신동우의 직속 부하다.

만일 신동성이 승리하면 해직은 기본이고, 아마 감춰진 여러 가지 비밀을 캐면서 자신을 파멸로 몰고 갈 것이다.

대기업 후계자의 최측근은, 깨끗한 사람은 절대로 갈 수가 없는 자리니까.

"알겠습니다. 어떻게 해서든 설득하겠습니다."

부하는 고개를 끄덕거렸다.

⚖

"저희는 신동성 사장님을 대신해서 왔습니다."

겐조 하다로는 속으로 침음성을 삼켰다.

'그들 말대로군.'

노형진은 자신들이 함정을 파면 이들이 자기를 설득하러 올 거라고 했다.

그리고 자신들에 대해서는 입도 뻥끗하지 말라고 했다.

자신들이 연관되어 있는 걸 알면 꺼내 주는 대신에 권리를 행사하지 못하게 하는 쪽으로 돌변할 가능성이 있으니까.

"혹 필요한 거라도 있으신지요?"

"감옥 안에서야 필요한 게 뭐가 있겠습니까? 감옥 바깥이라면 모를까."

"동감합니다. 저희도 겐조 하다로 씨의 사건 기록을 확인해 봤습니다. 터무니가 없더군요. 분명히 겐조 씨는 누명을 쓴 겁니다."

신동성의 부하들은 그를 적극적으로 편들어 줬다.

"원하시면 저희가 변호사를 구해 드리지요."

"하지만 전 이미 변호사가 있습니다."

"물론 압니다. 하지만 그 사람은 실력이 많이 부족한 것 같더군요. 원하시면 전관을 붙여 드리지요. 일본 역사상 최고의 호화 변호인단을 붙여 드리겠습니다."

"으음……."

"그리고 그 변호사, 부라쿠민 출신입니다. 출신이 천하니 실력도 뻔하지요."

'역시나 그 이야기가 나오네.'

겐조 하다로는 노형진의 말이 계속 맞아떨어지자 속으로 살짝 떨었다.

분명 변호사가 부라쿠민이라는 사실을 지적할 거라고 했다.

'하지만 지금 필요한 건 그지.'

그는 어느 쪽 편도 들지 않은 채 모든 정보를 있는 그대로 자신에게 줄 테니까.

"하지만 그 조건은 이미 들어서……."

"이미요?"

신동성 측의 얼굴이 사정없이 일그러졌다.

이 남자는 지난 12년간 감옥에 있었다.

그런데 갑자기 그에게 변호사를 해 준다는 사람이 나타날 수는 없다.

한 명 빼고는 말이다.

"혹시……?"

"신동우 씨라는 분도 같은 조건을 다시더군요."

'큭, 신동우 이 개 같은 놈이……!'

신동우가 먼저 접촉했으리라고는 상상도 하지 않았던 그들은 아차 싶었다.

사실 신동우는 접촉하지 않았다.

신동성이 먼저 왔다.

하지만 겐조 하다로는 신동우가 먼저 왔다는 이야기를 했다. 노형진이 그렇게 하라고 시켰으니까.

'그러면 신동성이 여기서 물러날 수가 없게 된다고 했지.'

본래 어떻게 해서든 계약을 후려치면서 장난질을 치려고 했겠지만, 신동우와 접촉했다고 하면 그럴 수가 없다.

그랬다가는 모든 걸 잃게 될 테니.

당연하게도 신동우가 왔을 때도 신동성이 먼저 접촉했다고 할 계획이었다.

"제가 여기서 나갈 수만 있다면 무슨 상관이겠습니까? 전 여기서 절 꺼내 주기만 한다면 악마와도 손잡을 수 있습니다."

신동성의 부하들은 입술을 깨물었다.

일이 이쯤 되면 자신들이 겐조 하다로를 쥐고 흔드는 건 불가능하다.

'방법은 하나뿐.'

최대한 균형을 맞춤으로써 그가 어느 쪽도 선택하지 못하게 하는 것.

그게 당장 그들이 할 수 있는 최선의 선택이었다.

"기다려 주십시오. 저희가 최강의 변호인단을 구성해 드리겠습니다."

⚖

"진짜 별꼴을 다 보네요."

신동하의 사무실.

그곳에서 신동하는 노형진이 가지고 온 서류를 보는 내내 기가 막혀서 말이 안 나왔다.

신동우와 신동성이 손잡았다.

나라가 망해도 손잡지 않을 것 같던 둘이, 겐조 하다로를 풀어 주기 위해 손잡은 것이다.

"그들 입장에서는 누구에게도 우선권을 줄 수가 없다고 생각했을 테니까요."

그러니 무리를 해서라도 손잡을 수밖에 없었을 것이다.

그리고 그 결과는 어마어마한 변호인단의 탄생으로 나타났다.

"이건 지면 판사가 미친놈이겠습니다."

노형진은 혀를 끌끌 찼다.

그럴 수밖에 없는 게, 변호사의 수만 열 명.

그런데 그 안에, 한국으로 치면 고등법원장 이하 등급은 한 명도 없다.

"이 정도면 진짜 살인범이라도 풀려날 겁니다."

"이거, 우리는 돈 한 푼도 안 쓰고 겐조 하다로를 풀어 주는 거군요, 후후후."

"맞습니다."

이 정도의 변호인단을 구성하는 데 들어가는 돈은 절대 한두 푼이 아니다.

쉬쉬하지만, 이 정도 변호인단이면 한국 돈으로 20억 이상은 써야 만들 수 있다.

"하지만 그들은 우리를 위해 움직이고 있다는 걸 모르고 있으니까요."

노형진은 실실 웃었다.

"덕분에 겐조 하다로 씨가 저희한테 표를 주시겠군요."

"물론 그럴 겁니다. 풀려나는 게 조건이니까요. 하지만 마냥 그럴 수는 없지요."

"네?"

신동하는 고개를 갸웃했다.

그는 그냥 말로만 그런 게 아니다. 아예 계약서를 썼다.

가진 주식은 기본적으로 우호 지분이며, 주식을 팔고자 할 때는 신동하가 우선 협상 대상자라고 말이다.

"제가 원하는 건 신동우와 신동성이 겐조 하다로 씨를 완전히 적으로 인식하지 않아야 한다는 겁니다."

"적으로 인식해서는 안 된다고요?"

"네. 만일 적으로 인식하면 신동하 씨에 대한 공격이 거세질 겁니다. 어쩌면 일단 신동하 씨부터 쳐 내고 나머지 싸움을 이어 갈지도 모르지요."

"으음……."

충분히 있을 수 있는 일이다. 1인자와 2인자가 손잡고 3인자를 쳐 내는 건 흔한 일이니까.

"거기에다 비밀 계약이라고 하지만 어찌 되었건 우리한테 이용당한 셈입니다. 그걸 그들이 알게 되면, 과연 무슨 생각을 할까요?"

"좋은 생각은 결코 하지 않겠네요."

신동우라면 속으로 칼을 갈 테고, 신동성이라면 대놓고 죽이려고 덤빌 것이다.

"그들이 우리 때문에 두 번째로 손잡게 둘 수는 없지요. 양쪽 사이에서 균형을 잡는다는 것은 생각보다 힘든 일입니다, 신동하 씨."

"그렇군요."

까딱 잘못하면 양쪽 다에게 공격받을 수도 있는 자리라는 것을, 신동하는 잊고 있었던 것이다.

"하지만 그렇다고 일방을 편들어 주라고 할 수는 없지 않습니까?"

"그렇지요. 그러면 내전이 끝날 테니까요. 하지만 다른 조건이 붙는다면 이야기가 좀 달라지겠지요."

"이야기가 좀 달라져요?"

"네. 신동성과 신동우는 돈으로 변호사를 샀습니다. 사실 겐조 하다로가 풀려나는 데 가장 큰 힘을 발휘하기는 하겠지만, 이 정도 돈은 우리 쪽에서도 동원 못 할 건 아니거든요."

"그런데 왜……?"

신동하는 고개를 갸웃했다.

노형진의 말대로 20억 정도라면 이쪽에서도 동원하지 못

할 정도의 돈은 아니다.

그런데 왜 굳이 그들을 끼어들게 한 거란 말인가?

"아까 말했지만 양쪽 다 우리를 공격하지 않게 하기 위해서입니다."

"하지만 그러면 우리한테 표를 줄 당위성이 문제인데요?"

"표를 줄 당위성은 보여 주면 됩니다."

"보여 줘요?"

"10억씩 돈을 내는 건 어려운 게 아니죠."

노형진은 그렇게 말하면서 변호사들 명단을 툭툭 쳤다.

"그리고 이걸 가지고 지면 그것도 병신이고."

"그렇지요."

"그러니까 여기서 이기는 걸 도와줬다고 해도 사실 생색은 안 납니다. 물론 확실하게 얼굴도장이야 찍겠지만, 상대적으로 그 실적이 드러나지 않지요."

"그러면 어쩌죠?"

자신들은 그나마 여기에도 돈을 넣지 않았다.

신동성도 신동우도 신동하에게 연락을 주지 않았으니까.

나중에야 돈을 넣겠다고 들어가는 건 영 실적이 없어 보인다.

아니, 그렇게 들어가 봐야 굽실거리는 것으로 보일 뿐이다.

"한국에서는 보여 주는 놈이 장땡이라는 말이 있습니다."

"보여 주는 게 장땡?"

"회사 생활이랑 비슷한 거죠."

아무리 열심히 하고 조용히 부지런하게 일해도, 아무도 그걸 인식하지 못하면 말짱 황이라는 거다.

도리어 사장이 없을 때는 땡땡이치고 놀다가 사장이 나타나면 갑자기 열심히 하는 놈이 사장 눈에는 더 열심히 일하는 직원으로 보인다.

"한국 사람들은 실적 자체를 믿지 않거든요."

물론 실적이 개인적으로 측정된다면 모르겠지만, 한국의 문화는 그런 구조가 아니니까.

"결국 이런 거죠. 변호사는 항소할 때는 당연한 거니까. 겉으로 보기에 그것보다 더 강렬한 뭔가를 보여 주면 됩니다."

"강렬한 뭔가……."

신동하는 머리를 긁적거렸다.

강렬한 뭔가. 그게 문제다.

변호사 이상으로 자신들이 더 많은 노력과 실적을 보인다는 것은 결국 하나뿐이니까.

"진범을 잡으려고 하시는 거군요."

"네. 진범을 잡을 겁니다."

"확실히 튀기는 하겠네요."

"물론 진범을 잡는다고 끝이 아니긴 하지만요."

만일 진범을 잡는다고 해도 지금 일본 사법의 구조를 보면 인정하지 않고 도리어 그를 풀어 줄 가능성이 높다.

실제로 한국에서도 그런 일이 벌어졌고.

"하지만 변호사가 이렇게 끼어들고 대동에서 압력이 들어가기 시작하면 절대 그러지 못하죠."

그리고 겐조 하다로가 풀려났을 때 사람들의 눈에 들어오는 것은 진범을 잡은 신동하지, 변호사를 보내 준 신동우나 신동성이 아닐 것이다.

"그러면 그들은 화가 나도 어쩔 수가 없죠."

이쪽이 확실하게 눈도장을 찍은 건 사실이니까.

"하지만 진범이 누군지 알 수 있을까요? 무려 12년 전 사건인데."

남아 있는 관련 증거도 전혀 없다.

애초에 사건을 조사할 당시부터 범인은 겐조 하다로라고 확정되다시피 한 상태였기에 다른 마땅한 증거도 없었고 말이다.

"그걸 알아봐야지요."

노형진은 턱을 문지르며 말했다.

범인이 누군지 알 수는 없다.

하지만 그를 꼭 잡아야 했다.

"그리고 그게 우리의 가장 강력한 카드가 될 테니까요."

범인은 이 안에 있다

　"겐조 하다로 씨와 연관된 피해 여성에 관한 자료는 이게 끝입니다."

　노형진은 박 부장이 가지고 온 자료를 보면서 머리를 긁적거렸다.

　"생각과는 좀 다르군요."

　전문적으로 훈련받은 사람이 저지른 살인이다. 그래서 사건과 관련해서 죽었을 거라 생각했다.

　그런데 그런 게 전혀 없었다.

　"여자의 경우는 전형적인 프리터고."

　프리터란 일반적인 직장을 가지지 않고 아르바이트만으로 먹고사는 사람들을 말한다.

일본은 한국보다 기본 인건비가 비싸기 때문에 충분히 그걸로도 먹고산다.

"그러니 회사의 비밀을 안다거나 하는 건 턱도 없는 소리고……."

그녀가 일한 곳은 편의점과 술집 두 곳.

하지만 술집이라고 해도 퇴폐 술집이 아니라 한국의 호프 같은 곳일 뿐이었다.

업무도 서빙이니 딱히 알 만한 것도 없고.

"범죄와 엮일 만한 일도 없고."

살인 사건 같은 걸 목격한 탓에 살해당했을 수도 있다고 생각했지만, 그런 것치고는 범행 당시 그녀의 행동이 너무나 평범했다.

목숨이 걸릴 만한 사건을 목격한 사람의 행동치고는 말이다.

"그러니까 일가족이 죽을 만한 다른 이유가 있어야 하는데."

노형진은 머리를 긁적거리며 그녀의 사진을 바라보았다.

환한 미소를 지으며 웃고 있는 그녀는 상당한 미녀였다.

"예쁘기는 하네요."

"그건 그렇죠."

"네. 이 정도면 연예인을 해도 됐을 텐데요."

"성격이 안 맞았나 보죠."

"하긴 그것도 성격이 맞아야 하니까. 겐조 하다로 씨가 죽자 사자 따라붙을 만한 이유가 있었네."

무심결에 그렇게 중얼거리던 노형진은 문득 정신이 번쩍 들었다.

'그러고 보니 겐조 씨는 그녀를 술집에서 보고 반했다고 했지?'

그런 사람이 어디 한두 명일까?

물론 겐조 하다로가 스토커 짓을 하긴 했지만…….

'내가 왜 그 생각을 못 했지?'

한 사람에게 스토커가 한 명만 있으라는 법은 세상에 없다.

흔한 일은 아니지만 두세 명씩 있는 경우도 분명 존재한다.

특히나 여성은 외모가 뛰어날수록 그런 피해를 더 쉽게 입는다.

"다른 스토커!"

"네?"

"혹시 다른 스토커가 있는 거 아닐까요?"

"다른 스토커요?"

"네. 겐조 하다로 이상으로 그녀에게 집착하던 다른 스토커 말입니다. 애초에 겐조 하다로 씨가 용의 선상에 오른 이유가 그가 스토킹을 했기 때문이 아닙니까? 프로파일적으로 보면 이러한 살인을 하는 스토커들도 분명 존재하고요. 그런데 겐조 하다로 씨가 아니라면, 다른 스토커의 존재도 의심해 볼 만하지요."

"기록상 그런 이야기는 없었습니다만."

"기록에 없었을 뿐, 그게 다른 스토커가 절대 없었다는 증거는 아닙니다."

"흠……."

박 부장은 곰곰이 생각에 빠졌다.

그러고 보니 사건 기록에도 스토킹 행위에 관한 것이 있었지만 애매했다.

그게 겐조 하다로의 짓이라는 증거가 없으니까.

"살인 사건이 난 후에는 아무리 겐조 하다로 씨가 자기가 하지 않았다고 해도 들은 척도 안 했을 테고요."

스토커에 의한 살인 사건.

일본에서는 그런 사건이 제법 흔하게 벌어지는 편이었다.

"아무래도 그 기록을 봐야 할 것 같은데요."

그리고 그 기록을 보면 분명 뭐든 나올 거라 생각했다.

⚖️

"없네요."

스토커 기록 자체가 없다.

정확하게는 이상하다는 식의 신고를 피해자나 피해자 가족들이 하기는 했지만, 경찰은 그 증거를 찾지 못했다.

단 하나만 빼고 말이다.

"겐조 하다로 씨의 자료는 좀 있네요."

"아무리 좋아도 그렇지 스토커 짓을 하다니……."

"뭐, 이제는 안 그러겠지요. 그 때문에 12년을 허송세월을 했으니. 스스로도 반성한다고 하고 있고요."

노형진은 그 기록을 보면서 계속 머리를 긁적거렸다.

"패턴이 너무 다르군요."

"패턴이 너무 다르다고요?"

"네."

피해자와 가족들이 신고한 경우는 제법 많다.

그런데 어떤 경우는 흔적이 아예 없는 데 반해 겐조 하다로는 그 흔적이 참으로 적나라하게 남아 있었다.

그리고 그게 살인범으로 특정된 가장 큰 이유 중 하나였다.

"겐조 하다로가 걸린 건 자신을 감추는 법을 전혀 모르기 때문입니다."

대놓고 CCTV에 찍히고 주변 사람들의 눈치를 전혀 살피지 않았다. 그래서 흔적이 많이 남았다.

"그런데 의심된다는 신고 기록을 보면 흔적 없음, 또는 혐의 없음이거든요."

사람들의 감각은 의외로 예민한 편이다.

누가 뚫어지게 보고 있으면 그걸 느끼는 경우가 제법 많다.

특히 외모가 되는 사람들은 그런 시선에 익숙하다.

그런데 그럴 때마다 신고해도 아무것도 없었다.

"두 가지 패턴이 서로 충돌하거든요."

능숙한 스토커와 어설픈 스토커.

확실히 어설픈 쪽이 겐조 하다로일 것이다.

"능숙한 쪽이 그 살인범이겠군요."

살인을 익숙하게 하는 타입이라면 분명히 추적에 관해서도 훈련받았을 가능성이 높다.

"하지만 이해가 안 가는데요?"

그런 훈련을 받은 살인자라면 킬러를 뜻하는데, 킬러가 여자에게 빠져서 그렇게 위험한 행동을 했다는 것은 여러모로 말이 안 된다.

킬러들은 스스로 감정을 죽이는 법을 알고 있으니까.

그런 게 없다면 애초에 킬러를 못 하기 때문이다.

"감정 훈련을 받지 않은 킬러라는 건데, 그런 게 가능합니까?"

"보통은 가능하지 않지요."

거기에다 그 당시 사건 기록을 보면 분명 그 사람은 실전 근육을 가지고 있는 사람이다.

헬스 근육과 실전 근육은 전혀 다르다.

노가다를 뛰는 사람도 근육이 있지만, 그 근육은 순발력이 없는 작업용 근육이다.

"실전 근육이랑 접점을 가질 만한 곳은……."

노형진은 그녀의 집 사진을 바라보았다.

그곳은 아니다.

그저 흔한 도심지였고, 근처에 근육과 관련된 뭔가 있을

리는 없어 보였다.

"다른 한쪽은 술집인데……."

하지만 술집은 대학가 근처에 있다.

운동부원도 근육이 있겠지만 그건 실전 근육은 아니다.

"그러면 편의점인데 여기도 별거 없는…… 어?"

노형진은 사진을 보다가 고개를 갸웃했다.

위성사진에 한 지역이 비어 있었다.

정확하게 표현하면 숲으로 처리되어 있었다.

"이상한데요."

"뭐가요?"

"아니, 이 편의점 앞쪽 말입니다. 여기에 이렇게 큰 숲이 있던가요?"

"글쎄요? 그때는 그랬는지 모르죠."

"전혀 그럴 이유가 없어 보이는데요?"

그러면 이 편의점은 장사가 될 수가 없다.

거기뿐만 아니라 그 앞에는 상권이 제법 큰데, 정작 그 상권을 커버할 수 있는 무언가가 없었다.

'상권이라는 게 갑자기 생기는 게 아닌데?'

그곳에 뭐든 팔아 주는 사람들이 모여 있어야 생기는 것이 상권이다.

대학이거나 아파트촌이거나 대규모 기업이라든가…….

'기업.'

거기까지 생각이 미치자 노형진은 다시 화면을 돌려서 화면을 바라보았다.

"기업이란 말이지."

"무슨 말씀을 하시는 겁니까? 여기는 기업이 없는데요."

있는 건 그냥 숲뿐이다.

"상식적으로 이런 노른자위 땅을 숲으로 둔다는 건 말이 안 되죠."

노형진은 피식 웃었다.

"아무래도 여기에 뭔가 있는 것 같군요."

그게 뭔지, 노형진은 확인을 해 볼 생각이었다.

⚖

"자위대?"

실제로 현장에 갔을 때 보인 것은 사진과 달리 육상자위대 주둔지였다.

"역시 그렇군요."

군대라는 특성상 그 소비력은 상상 이상이다.

하물며 일본의 군대, 즉 자위대는 군인이 아닌 직장인이기에 일과가 끝나면 퇴근을 한다.

당연히 그 앞에 이런 상권이 생길 수밖에 없다.

"실전 근육이라."

자위대.

아무리 사람들이 낮추어 보고 회사원이라고 비웃어도, 결국 업무는 군사 관련이다.

"그들이라면 실전 근육을 가지고 있을까요?"

하지만 박 부장은 왠지 부정적인 시선이었다.

"제가 일본에서 활동하면서 많은 자위대 사람들을 만나 봤지만 우리가 생각하는 군인들과는 좀 다르거든요."

"그건 업무상 행정 처리하는 사람을 만나서 그럴 겁니다."

노형진은 고개를 돌려서 입구 쪽을 바라보았다.

자위대는 100% 모병제다.

당연하게도 그 사람들은 업무가 다 다르다.

"우리나라만 해도 행정 업무를 하는 사람과 실전을 하는 사람이 구분되니까요."

"그거야 그렇지만……."

"그리고 일본의 자위대라고 해서 특수부대가 없는 건 아닙니다."

일반적인 사람은 그 정도 근육을 가질 수 없다.

하지만 특수부대원이라면?

"충분히 가질 수 있지요."

"일본의 특수부대요?"

"일본의 특수부대를 무시하면 안 됩니다."

일본 자위대가 아무리 널널하다고 해도, 일본의 특수부대는 세계적으로도 인정받는 곳 중 하나다.

"그리고 특수작전군 같은 경우는 미국의 델타포스를 기준으로 훈련을 합니다."

"어마어마하군요."

아무래도 동양인과 서양인의 피지컬 차이는 클 수밖에 없다.

그리고 델타포스는 그런 미국에서도 엄선된 자들만 가는 곳이다.

그런 곳을 기준으로 훈련하면 실전 근육이 없을 수가 없다.

"답이 나오는군요."

실전 근육에, 살인 기술에 능하고, 자신을 감출 줄 안다.

"특수전 교육을 받은 자위관이군요."

바로 건너편에 보이는 편의점.

그리고 그곳에서 일했던 피해자.

"문제는 그가 누군지 알아내는 거네요."

그건 쉽지 않을 듯해서 노형진은 절로 한숨이 나왔다.

⚖

특수작전군은 일본에서도 유명한 특수부대다.

물론 일본의 특성, 그러니까 군대를 가지고 있을 수 없어서 군軍 대신에 군#이라고 한자가 붙기는 하지만, 그렇다고 해서 그들의 본질이 달라지는 것은 아니다.

"그들은 자기를 감추는 데 능합니다."

노형진은 자신이 아는 바를 박 부장에게 말했다.

애석하게도 박 부장은 일본의 군대에 대해 별로 관심이 없었기 때문이다.

물론 노형진도 잘 아는 건 아니었지만.

"그들은 자신과 자신의 가족이 드러나는 걸 막기 위해 얼굴을 가리고 시선을 피하는 훈련을 받습니다."

당연히 그 대상에는 CCTV 같은 것도 포함된다.

실제로도 그들과 관련된 공식적 자료에서 얼굴이 드러난 것은 전혀 없다.

그들은 공식 행사에조차 얼굴을 가리는 마스크를 쓰고 나간다.

심지어 훈련 자료도 없고 무장에 대한 자료조차도 없다.

"일본의 경찰이 수사를 해도 당연히 안 나오죠."

자신을 감추는 데 능한 데다가 공식적으로도 일본은 그들의 정보를 감추기 위해 상당한 노력을 하고 있다.

"그런데 그런 사람이 왜 살인까지 한 건지 모르겠습니다."

"저는 대충 알 것 같네요."

그러한 훈련은 대부분 자의식을 과잉시킨다.

그럴 수밖에 없는 게, 그런 훈련은 단순히 체력으로 이길 수 있는 것이 아니기 때문이다.

말 그대로 정신력을 강하게 단련시켜서 그 정신력으로 뛰어넘어야 한다.

"그리고 일본은 그 특유의 정신력 문화가 좀 과하죠."

오죽하면 정신력 하나면 피지컬이나 무기에 상관없이 이길 수 있다며 반자이 돌격을 시켰겠는가?

물론 상식적으로 2차대전 당시에 일본군과 미군의 피지컬 차이는 1.5배에 달했고 정신력으로 넘을 수 있는 수준이 아니었지만 말이다.

"중요한 건 그런 훈련을 받은 사람들은 상당수가 자의식 과잉 상태라는 거죠."

남이 해내지 못하는 것을 이룩해 냈다는 자신감.

거기에다가 비밀 특수부대라는 고양감.

또한 지속적으로 이루어지는 자의식 과잉 훈련.

"하지만 외부에서 보면 그냥 군바리죠. 뭔 뜻인지 알죠?"

"아! 알죠."

한국 남자들이라면 다 알 수밖에 없는 현실.

군대에서 휴가 나올 때 군복에 두 줄 잡네 세 줄 잡네, 모자에 각을 세우네 마네, 군화에 광을 불광을 내네 물광을 내네 하면서 생쇼를 하지만, 나오면 다른 사람들이 보기에는 그냥 군바리일 뿐이다.

"원 스타도 제대하면 그냥 동네 아저씨라는 말이 있지요."

딱 그거다. 군대에서 원 스타면 무소불위의 권력을 휘두를 수 있는 자리지만, 제대하는 순간 그냥 동네 아저씨일 뿐이다. 동네 사람들과 군대에서의 직급은 관련이 없으니까.

"거절당한 게 그 자의식 과잉과 부딪친 거군요."

편의점 주인 입장에서는 좋은 전략이었을 것이다. 동서고 금을 막론하고 군인들은 미녀라면 눈이 뒤집어지니까.

하지만 그 안에 미친놈이 있을 거라는 건 전혀 예상하지 못했을 것이다.

"외부에 드러난 적이 없으니 범인으로 지목되지도 않았을 테고요."

"범인이 특수전 훈련을 받은 사람이라면 상황이 이해가 갑니다. 하지만 그를 어떻게 찾지요? 노 변호사님 말씀대로라면 존재가 가려진 사람인데요."

경찰에 신고해도 제대로 조사할 리가 없고, 변호사로서 자위대에 자료를 요청해도 줄 리가 없다.

일단 그들의 신분은 군사기밀로 묶여 있을 테니까.

'당연히 법원을 통해 요구한다고 해도 줄 리가 없지.'

명확한 증거가 있는 것도 아니고 그냥 그럴 가능성이 높다는 의심만으로는 절대로 그를 찾을 수 없다.

"사건을 키워야지요."

"키워요?"

"네. 그 당시에 겐조 하다로는 이미 범인으로 특정된 상태였습니다."

그러니 그가 무슨 소리를 하든 외부에서는 들은 척도 하지 않았을 것이다.

"당연히 기사화되지도 않았고요. 하지만 이번에는 다릅니다."

어마어마한 전관들이 붙었고 대동에서 그를 돕기 위해 총력을 기울이고 있다.

"그가 한 이야기를 외부에 흘릴 수가 있지요."

"그가 한 이야기?"

"정확하게는 그가 본 사람에 대해서라고 할 수 있겠네요. 후후후."

"겐조 하다로 씨는 그 당시에 다른 스토커를 봤습니다. 그 사실을 그 당시 수사관에게 말했지만, 그 수사관은 해당 사항을 철저하게 무시했습니다."

변호사들은 겐조 하다로가 주장하는 이야기를 그대로 언론에 뿌렸다.

"그 스토커는 상당한 집착을 보이며 몇 달에 걸쳐서 피해자를 스토킹했다고 합니다. 그가 겐조 하다로 씨를 따라온 경우도 있었고, 사건 당시에 피해자를 미행하는 것도 봤답니다. 그래서 그걸 이야기했지만, 경찰은 전혀 인정하지 않았다고 합니다."

일본에서 보통 수감자의 주장은 기사화되지 않는다.

하지만 대동의 힘은 어마어마했다. 그 결과 주요 일간지에서 그의 주장을 그대로 전했다.

"겐조 하다로 씨가 본 범인은, 체형은 그와 비슷했고 상당한 근육질이었다고 합니다. 그리고 머리는 짧았으며 상당히 날카롭고 각진 느낌이었답니다. 걸음걸이 역시 훈련받은 듯 보였으며 그가 주로 보인 곳은 피해자가 있던 편의점 근처였다고 합니다."

발표 내용을 적으면서 기자회견장에 온 기자들은 고개를 갸웃했다.

"훈련된 사람이라고요?"

"그렇습니다."

"전문 킬러라는 소리입니까?"

"그건 모르겠습니다."

부정확한 정보.

그 안에 숨어 있던 박 부장은 슬쩍 주변을 둘러보았다.

그는 마치 기자인 것처럼 이 안으로 숨어들었다. 그건 어려운 일이 아니었다.

그리고 기자들에게 슬쩍 떡밥을 던졌다.

"방금 피해자가 일하던 편의점 근처에서 자주 보였다고 하셨습니까?"

"저희 의뢰인의 말에 의하면 그렇습니다."

"그러면 그 사람, 자위관 아닙니까?"

"자위관?"

"갑자기 웬 자위관?"

대부분의 사람들은 자위대의 직원인 자위관에 대해 부정적인 감정을 가지고 본다.

실제로 일본에서는, 자위대는 인생이 막장으로 떨어지면 간다는 인식이 보통이었고 말이다.

그래서 피해자가 거절했을 가능성도 아주 높았다.

-기자들 대부분은 거기에 자위대 기지가 있다는 것도 모를 겁니다. 무려 12년 전 사건이니까요. 당연히 이쪽에서 떡밥을 던지면 그걸 파려고 하겠지요. 그러니 그걸 보고 반응하는 사람을 찾아볼 생각입니다.

노형진의 말에 박 부장은 가능성이 있다고 생각했고, 그래서 기자로 속이고 안으로 들어온 것이다.

"거기 편의점이라면 바로 건너편에 자위대 기지가 있는데 짧은 머리에 근육질, 거기에다가 훈련된 발걸음이면 이건 누가 봐도 자위대 사관 아닙니까?"

기자들은 웅성거리기 시작했다.

전혀 생각하지 못했던 내용이니까.

"그러면 자위대 사관이 진짜 범인이라고 생각하시는 겁니까?"

"그가 자위대 사관인지 누구인지는 알 수가 없습니다."

기자회견을 주최한 변호사도 당황한 얼굴이었다.

이슈를 이끌어 내기 위해 한 기자회견이기는 했지만 갑자기 자위대라는 존재가 나타날 줄은 몰랐던 것이다.

'전통적으로 일본인들은 상부의 치부를 건드리는 것을 아주 불편해하지.'

박 부장은 당황하는 그 변호사를 보면서 피식 웃었다.

기자회견까지는 좋았는데 그게 자위대랑 연관되자 어쩔 줄 몰라 하는 변호사.

그렇다고 지금 기자회견을 멈출 수는 없었다.

사실 멈출 필요가 없었다.

"그러면 범인이 외부에서 들어온 거 아닌가요?"

"범인이 신분을 위장했다고 생각하지 않으십니까?"

"다부진 체격이라고 하셨는데, 그가 어떤 운동을 했다고 생각합니까?"

갑자기 돌변해 버린 질문의 내용.

분명 그는 자위대에 관한 정보를 흘렸는데 갑자기 범인이 자위대를 사칭하거나 흉내 낸 것 아니냐는 질문이 터져 나오기 시작한 것이다.

'역시 이것도 예상하신 건가?'

박 부장은 눈을 찌푸렸다.

노형진이 한 말 중 하나가 바로 그거였으니까.

―자위대에 대한 질문이 나오면 아마 기자들은 그걸 덮으려는 쪽으로 질문을 던질 겁니다.

　일본의 언론의자유는 공식적으로는 나쁘지 않다.
　하지만 여기에 함정이 있다.
　언론의자유의 기준은 언론이 진실을 파헤칠 때 얼마나 자유롭게 움직일 수 있느냐에 따라 판단된다.
　그리고 일본은 그런 행동에 대해 그다지 터치가 심하지 않다.
　하지만 여기서 문제가 생기는데, 자유롭게 움직일 수 있는 기자들이 애초에 진실에 관심이 없다는 것이다.
　일본의 언론은 상당히 정관계에 묶여 있고 기자들도 예민한 부분은 절대 건드리지 않으며 또한 진실을 추구하는 성향도 약하다.
　쉽게 말해서 언론의자유가 높은 이유가 정부가 커트라인을 정하지 않아서가 아니라, 애초에 커트라인이 생길 정도로 언론이 저항하지 않기 때문이라는 것이다.
　'자위관이 살인을 한 거면 아무래도 곤란하겠지.'
　안 그래도 부정적인 느낌이 강한 자위대라는 존재.
　그곳의 자위관이 12년 전 살인을 하고 그것만으로도 부족해서 엉뚱한 사람에게 죄를 뒤집어씌웠다면 자위대의 이미지는 망가질 수밖에 없다.
　언론은 그걸 눈치채고 재빨리 덮으려고 질문을 던지기 시작한 것이다.

아무런 말도 없었는데 알아서 덮으려고 하는 기자들의 작태를 보면서 박 부장은 혀를 끌끌 찼다.

'뭐, 상관없지.'

자신은 할 일을 다 했다.

자신이 자위대와 자위관을 입에 올린 것은 언론에서 그 사건을 다뤄 주기를 바라서가 아니었다.

자위대가 나서서 사건을 조사하게 만들기 위한 일종의 페이크였다.

'자위대로서는 모른 척할 수 있으니까.'

자위대가 아무리 막장이라고 해도, 사건을 감추는 것과 아예 조사조차 하지 않는 것은 전혀 다르다.

당연히 이 사건의 진실을, 최소한 그와 연관된 사람을 찾으려고 노력할 것이다. 그리고 그 행동을 감시하면 그 당시의 의심스러운 사람이 누군지 알아내는 것은 어렵지 않았다.

'기다리자. 기다리면 복이 있는 법이니.'

아직도 엉뚱한 질문을 던지는 기자들을 보면서 박 부장은 속으로 쓴웃음을 삼킬 수밖에 없었다.

겉으로 보기에는 자위대는 조용했다. 특별한 것도 없었고 말이다.

하지만 내부는 아주 난리법석이었다.

살인자로 의심스러운 누군가를 찾아내기 위해서였다.

"그 목적은 처벌보다는 은폐일 테지만요."

만일 그놈이 또 다른 살인 사건을 저지르다가 잡히면 자위대 입장에서는 이만저만 창피가 아니다.

그러니 어떻게 해서든 그를 찾아내려고 할 것이다.

그리고 노형진의 추론, 그러니까 근육질 같은 걸로 그 당시 근무자들을 분류하는 것은 어려운 일이 아니었다.

"그리고 움직이는 정보를 얻어 내는 건 쉬운 일이죠."

아예 조사를 안 하면 모를까, 조사를 시작하면 그 당시의 대상을 특정하는 것은 어려운 일이 아니었다.

그럴 수밖에 없는 게, 아무리 자위대라는 조직이 군대가 아니라고 하더라도 그 구조 자체는 군대로 되어 있으니까.

사실 일본의 문화를 생각하면 그게 더 강하면 강했지 약하지는 않았다.

"저 사람인가 보군요."

사건이 어디 배정되었느냐만 알면 추적하는 건 어렵지 않았고, 그들이 어떻게 움직이는지 확인하는 것도 쉬웠다.

군대라는 조직은 경직되어 있기 때문에 조사를 할 때 절대로 자신들이 가서 하지 않을 테니까.

당연히 당사자를 소위 말하는 본청으로 부를 테고, 그를 확인하는 건 어렵지 않았다.

"맞습니다. 오늘이 벌써 세 번째 출두입니다. 다른 사람들은 한 번 내지 두 번 정도에서 끝났는데 저 자위관만 벌써 세 번째입니다."

박 부장은 기존의 감시 기록을 확인하며 말했다.

"그런데 아직까지 자위대에 있을 거라고는 어떻게 예상하셨습니까?"

조사가 진행되고 찾아온 대부분의 사람들은 민간인이었다.

그런 사람들은 진짜 짧게 조사가 끝났다.

하지만 유독 저 자위관만 조사가 길어지고 있었다.

"단순히 자위대 소속이라서 그럴까요?"

"아니요. 그건 아닐 겁니다."

노형진은 고개를 흔들었다.

그만큼 저 인간이 조사관이 보기에도 의심스럽기 때문이다.

"예전에, 범인은 자신의 자존심 때문에 살인을 했을 거라고 판단하지 않았습니까?"

"그랬지요."

자부심으로 똘똘 뭉친 인간이 거절당하자 그 분노를 이기지 못하고 살인을 감행했다.

그게 노형진의 예상이었다.

"그 정도로 군에 대한 자부심이 있고 맹목적인 인간이 군을 떠나려고 할까요?"

"아!"

그런 인간이라면 절대로 군을 떠나려고 하지 않을 것이다.

"거기에다 근육질에, 제대로 훈련된 자라는 거죠. 그런 사람들은 대부분 자발적인 훈련을 격하게 하는 놈들입니다. 그러지 않으면 격한 훈련을 감당하지 못하니까요. 인간은 하기 싫은 걸 할 때와 하고 싶은 걸 할 때 반응이 다릅니다. 자위대는 대부분 직장인의 개념이지요."

그래서 대부분 그렇게 격하게 운동하거나 체력을 키우지는 않는다.

물론 기본 훈련을 하기는 하지만, 무지막지할 정도로 체력을 키우는 사람은 거의 없다.

"그런 인간이라면 분명 군에 남는다라……."

상식적으로 그러한 훈련은 징병으로 감당할 수 있는 수준이 아니니까.

한국만 해도 특전사 같은 경우는 오로지 지원으로 간다.

버티라고 명령을 해도 한계가 있는 게 사람이니까.

"그리고 조사를 계속 받는다는 것은, 저 사람이 우리가 생각한 조건과 아주 많이 맞아떨어진다는 거죠."

그 당시의 기록이 그대로 남아 있을 테니까.

"범인은 자위대 안에 있다라."

박 부장은 피식 웃었다. 그게 틀린 것 같지 않으니까.

"문제는, 어떻게 그의 죄를 증명하느냐가 관건이네요."

대상을 지정했다고 해도 그가 아니라고 하면 그만이다.

실제로 그가 이제 와서 '제가 살해했습니다.'라고 할 가능성은 낮다.

그리고 우발적 살인인 만큼 그 증거를 보관할 가능성도 높지 않다.

연쇄살인범이야 자신의 살인의 기록을 곱씹지만, 우발적 살인인 경우는 두려워하고 묻으려고 하는 성향이 강해지기 때문이다.

"우리가 할 필요는 없지요."

"우리가 밝혀낼 필요는 없다고요?"

"네, 공식적으로 말입니다. 겐조 하다로 씨는 범인, 그러니까 고로 준이치 씨를 본 적이 있습니다."

물론 그건 노형진이 하라는 대로 해서 한 말일 뿐이다.

그는 전혀 기억이 없다.

"그러니 그에 대해 말하면 됩니다."

"그건 말이 안 되지 않습니까, 범인으로 의심하는 사람을 지금까지 말하지 않았다는 게?"

더군다나 전에 말한 것 자체도 두루뭉술한 소리였을 뿐, 진짜로 누구라는 특정은 하지 않았다.

그런데 갑자기 고로 준이치가 범인이라고 할 수는 없는 노릇이다.

"그게 꼭 기자회견일 필요는 없지 않습니까?"

"그러면요?"

"가령 최면술이라든가 최면술이라든가…… 최면술 같은
게 있지요, 후후후."

"최면술?"

박 부장은 어벙한 표정이 되었다.

　최면술.

　암시를 통해 인위적으로 수면할 때와 흡사한 상태로 만드
는 방법.

　일반적으로는 이 방법을 이용해 피시술자의 내면 깊은 곳
으로 들어가 마음을 치료하거나 기억을 끄집어내곤 한다.

　노형진, 아니 신동하는 공식적으로 이 방법을 해결책으로
제시했다.

"최면술? 장난하는 건가?"

　신동성은 기가 막혔다.

　고작 최면술로 범인을 잡자는 신동하의 계획이 어이가 없
었던 것이다.

　'그래, 너 같은 놈들은 보이는 것만 믿지.'

　오로지 돈과 권력 같은 것을 믿지 최면술 같은 건, 그들은
믿지 못한다.

"동생아, 우리가 그런 말도 안 되는 짓거리에 속아 넘어가야 한다고 생각하느냐?"

내면세계나 내세 같은 걸 믿으면 남을 마음대로 밟고 올라설 수가 없으니 대부분 이런 타입들은 애써 그런 걸 무시하는 성향이 있다.

"그래서 손해 보는 게 있나요?"

신동하는 피식 웃으며 말했다.

"손해 보는 건 직접 돈을 써서 최면술 전문가를 초빙한 저뿐이죠. 어차피 겐조 하다로 씨는 감옥에 있어서 어디로 갈 수 있는 상황도 아니지 않습니까?"

"으음."

그럼에도 불구하고 두 사람은 마음에 들어 하지 않았다.

"이미 제가 겐조 하다로 씨와 접촉했습니다. 허락을 받아둔 상태고요."

"뭐?"

"그분은 범인으로 의심되는 사람을 보셨다고 했습니다. 그 상황을 정확하게 기억해 낼 수 있다면 그것만큼 확실한 증명이 어디 있겠습니까? 아니면, 범인이 밝혀져서는 안 되는 이유라도 있나요?"

"그건 아니지만……."

손해 보는 건 없지만 최면술은 해서는 안 된다는 말.

그건 누가 봐도 이상한 소리다.

당연히 젠조 하다로의 주식의 도움을 받아야 하는 두 사람의 입장에서는 그럴 수가 없다.

　'젠장, 도대체 저 새끼가 왜 여기에 끼는 거야?'

　'저 새끼 몰래 하려고 그렇게 공을 들였는데.'

　신동하까지 끼어들어 돈을 내기 전에 빨리 서둘러서 일을 처리했고, 그래서 신동하가 알기 전에 일을 처리했다고 생각했다.

　확실히 신동하는 돈을 내지 못했다.

　그런데 최면술이라는 것을 들고나올 줄은 몰랐다.

　"어차피 최면술은 법원에서 인정도 못 받잖아."

　그래도 핵심을 공략하는 신동우.

　실제로 어떤 나라도 최면술을 인정하지 않는다.

　그럴 수밖에 없는 게, 최면이 걸렸는지 증명할 길이 없거니와 최면에 걸린 척 위증할 수도 있기 때문이다.

　실제로도 그런 사건이 있었고, 그 사건을 노형진이 해결한 적도 있으니까.

　당연히 법원에서는 최면술을 인정할 수가 없다.

　"하지만 시작점은 알 수 있지요. 우리가 범인을 알고 모르고의 차이는 크지 않겠습니까?"

　"그건……."

　이 말에는 두 사람 다 아무 말도 못 했다.

　실제로 어마어마한 초호화 변호인단이 인선되었다지만 그

게 그의 무죄를 증명하는 것은 아니었다.

그저 판결이 잘못되었다는 것만 증명할 뿐.

'도리어 이런 경우는 그마저도 힘들지.'

초호화 변호인단 때문에 판결이 비합리적으로 뒤집어질 수도 있다고 생각하는 사람은 분명 존재한다.

"겐조 하다로 씨의 명예를 위해서는 단순히 꺼내는 것만으로는 부족할 텐데요?"

두 사람은 눈을 찡그렸다. 그건 맞는 말이니까.

하지만 진짜로 그게 성공해도 곤란하다.

그러면 카드는 자신들이 아니라 신동하에게 넘어갈 수도 있기 때문이다.

"물론 두 형님이 거절하신다고 해도 제가 이번 일을 진행하는 데 하등 지장이 없다는 건 잘 아실 거라 생각합니다."

신동하는 고민하는 두 사람에게 웃으며 쐐기를 박았다.

"그래…… 어쩔 수 없지. 해 보자, 명예를 찾을 수 있다면."

신동우의 말에 신동하는 비웃음을 날렸다.

명예라는 게 그들에게 얼마나 소용없는지, 누구보다 잘 아는 사람이니까.

"그래, 명예. 명예를 찾아야지."

피식 웃는 신동성은 누가 봐도 이번 일이 실패할 거라 생각하는 눈치였다.

그런 걸 아예 믿지 않을 테니까.

'하지만 그렇게 되지는 않을 거다, 후후후.'

신동하는 속으로 비웃음을 삼키면서도 겉으로는 미소를 보냈다.

"그러니까 고로 준이치라는 사람이라고요?"

"네. 저희가 범인이라고 특정하고 있는 사람입니다."

"으음."

최면술에 걸린 척하면서 이름을 말하는 것.

그건 어려운 일이 아니었다. 애초에 전문가라고 부른 사람도 진짜 최면술사가 아니니까.

"하지만 그랬다가는 문제가 생기는 거 아닌가요? 난 그 사람은 본 적도 없는데요. 엉뚱한 사람을 봤다고 주장했다가 다른 증거라도 나오면……."

"최면술이라는 게 원래 부정확한 거니까요."

정확한 시간과 장소 같은 걸 특정해서 기억해 낼 수 있다면 최면술이 사기 소리를 듣지도 않을 것이다.

물론 그런 경우도 있기는 하지만, 대부분이 부정확하다 보니 믿음을 보내기가 힘든 것이다.

"정확하게 말할 필요는 없죠."

"네?"

"이런 최면술의 핵심은 부정확성입니다. 약점이기는 하지만, 그래서 우리가 써먹을 수 있죠. 게다가 이런 건 법적으로 증명할 수 없기 때문에 말을 해도 법원으로부터 인정을 받지는 못하는 거고요."

"그런데요?"

"그리고 저 사람이 범인이라는 증거는 그 살해 현장을 봤을 때의 이야기입니다."

하지만 노형진이 노리는 것은 그게 아니다.

가장 의심스러운 두 번째 용의자, 그러니까 고로 준이치를 전면에 내세우는 것이 목표다.

"지금 우리가 공개하는 것은 어디까지나 '상대방이 이렇게 생겼다'라는 거죠. 우리가 이러한 행동을 하면 자위관이라는 부분과 고로 준이치라는 이름이 드러날 수밖에 없어요."

"으음……."

"그리고 일본은 그러한 영적인 부분에 관해 상당히 관심이 많지요."

전 세계에서 가장 많은 신을 모시는 나라. 그게 바로 일본이다.

그들은 영적인 부분이나 최면술 같은 것에 은근히 신경을 많이 쓴다.

"그리고 최면술을 통해 범인의 이름이 나왔다고 하면 상황은 달라지죠."

단순히 사건의 영역을 넘어서 사람들에게 관심을 받게 된다.

기자들이 묻으려고 할지는 모르겠지만 인터넷에서 퍼지기 시작할 테고, 일본 특유의 온갖 음모론자들이 붙기 시작하면 아마도 감추는 게 쉽지는 않을 것이다.

"그 이후에는 고로 준이치에 대한 공격이 시작되겠지요."

그리고 그 공격은 그를 미치게 만들 것이다.

"사람은 미치면 실수를 하기 마련입니다, 후후후."

"지금부터 당신은 과거로 돌아갑니다. 과거에 돌아가 그 당시 장면을 돌아봅니다."

최면술사는 능숙하게 겐조 하다로에게 최면을 걸고 있다.

물론 이 사람은 가짜다. 그는 최면술과 아무런 연관이 없다. 그냥 연기자일 뿐이다.

그리고 연기하는 것은 겐조 하다로 역시 마찬가지였다.

"으으으……."

왠지 고통스러운 듯 꿈틀거리는 겐조 하다로.

그걸 보고 신동하는 걱정스럽게 말했다.

"저거 오버 아닙니까?"

"오버라고 해도, 이제 와서 막을 수는 없지 않습니까?"

노형진은 어깨를 으쓱했다.

조작이라는 소리를 막기 위해 이 장면은 인터넷에 생중계
되고 있다.

물론 애초부터 조작이기는 하지만, 사람들은 중계한다는
것 자체만으로도 충분히 믿음을 가지고 있었다.

"뭐, 알아서 하겠지요."

사실 최면술의 방식 같은 건 사람마다 다르니 태클을 걸
수도 없고 말이다.

실제로 괴로운 기억을 꺼낼 때 고통스러워하는 경우도 제
법 많다.

물론 지금 묻고 있는 기억이 고통스러운 기억이 아니라는
게 문제지.

'뭐, 그건 사람마다 기준이 다 다르니까.'

중요한 건 지금 장면을 생중계하고 있다는 거고 그 시청자
가 무려 6만 명이 넘는다는 거다.

'하여간 일본은 이런 걸 겁나 좋아한다니까.'

하긴 사회적 이슈였던 사건을 최면술로 해결하겠다는 아
이디어는 왠지 호기심을 불러일으키니까.

"당신은 편의점 앞을 지나고 있습니다. 뭐가 보이나요?"

"사람들이 보여요……. 자위관들. 네, 자위관들이 보여요."

그 당시 전 여자 친구가 좋다고 한참을 쫓아다녔으니 그
편의점 위치나 생김새 같은 게 그의 뇌리에 선명하게 남아

있을 것이다.

바로 그 풍경이 지금 겐조 하다로의 입에서 나오기 시작했다.

"편의점 안에서 남녀가 싸우고 있어요. 여자 쪽은 짜증을 내고, 남자가 여자에게 뭐라고 소리를 지르고 있어요."

눈을 감은 채로 대사를 말하는 겐조 하다로.

중계를 보는 이들의 눈에는 참으로 그럴듯해 보일 것이다.

"그 남자를 아나요?"

"아니요. 처음 봤어요. 아…… 여자는 알아요. 아…… 여자가…… 여자가 화를 내면서 남자를 밀어요."

"왜 화가 난 것 같나요?"

"모르겠어요. 그냥, 남자가 무서워 보여요."

그러더니 갑자기 탄성을 지른다.

"아…… 여자가 문을 열고 나와요. 그리고 남자가 끌려 나오네요. 아, 남자가 인상을 써요……. 왜 자기 마음을 안 받아 주냐며……."

스토커들의 행동은 비슷하다.

그러니 그 상황을 그럴듯하게 꾸며 내는 것은 어려운 일이 아니었다.

"여자가 관심이 없다고, 찾아오지 말라고 해요. 남자가 화를 내요."

경찰은 피해자의 통화 기록을 뒤졌다.

그런데 기록에는 고로 준이치의 전화번호가 없었다.

그 말은 피해자가 전화번호를 주지 않았다는 것이다.

그래서 노형진은 전화하지 말라고 한 게 아니라 찾아오지 말라고 했다고 대본을 썼다.

"남자가 화가 난 모습으로 닫힌 문을 봐요."

"그래서 그 사람은 어떻게 생겼나요?"

"탄탄한 근육질에…… 피부는 갈색으로 그을렸어요. 덩치는 저랑 비슷한 것 같은데 얼굴은 각이 졌고…… 머리카락이 짧아요."

아무리 신분을 감춘다고 해도 사람의 어떤 흔적도 남지 않을 수는 없다.

신분을 감춘다는 건 그가 드러나지 않는다는 거지, 그가 존재하지 않는다는 것은 아니니까.

당연히 이름을 알면 그 당시 사진을 구하는 것은 그다지 어려운 일도 아니었다.

"복장은요? 그 사람은 어떤 복장을 하고 있나요?"

최면술사는 예정대로 복장을 물었다.

그를 특정하기 위해서는 복장이 중요하니까.

자위관이라서? 아니다.

"자위관복이에요. 분명 자위관복을 입고 있어요."

안 그래도 자위관이 범인이 아니냐고 하는 의심을 받고 있는 자위대 입장에서는 상당히 곤란한 말일 것이다.

물론 법적으로 아무런 효과가 없다고 하면 그만이지만.

'중요한 건 그게 아니지.'

노형진은 다음 질문을 기다렸다.

"그가 어떻게 하죠?"

"절 봤어요. 제 쪽으로 와요. 제가 편의점 문을 향해 가고 있어서, 저를 밀치고 가 버려요. 화가 많이 난 것 같아요."

"여자는요?"

"제가 들어가니까 곤란한 표정으로 저를 쳐다봐요. 저도 어색하게 마주 봐요."

여자 입장에서는 곤혹스러울 것이다.

스토커 하나를 내보내니 다른 스토커가 나타난 꼴이니까.

"그래서 어떻게 했죠?"

"어색해서, 그냥 도로 나왔어요."

여기서 자신이 억울하다, 스토커가 아니다 같은 말을 하면 최면술의 신빙성이 확 떨어진다.

하지만 자신이 범인으로 의심받을 상황인 것도 사실대로 말하면 도리어 믿기 쉬워지는 게 사람 마음이다.

"그래서 그 남자 이름이 보이나요?"

노형진이 복장에 집중한 이유, 그건 군복에는 이름이 들어가기 때문이다.

아무리 일본의 특수부대라고 해도, 설사 신분을 감춘다고 해도 군복에는 이름이 들어가 있을 수밖에 없다.

외부에 작전을 나가거나 아니면 훈련할 때 입는 군복은 이름을 뺄 수 있겠지만, 평상복은 그럴 수가 없다.

이름이 없는 군복을 입는다는 건 대놓고 '나 수상한 사람입니다.'라고 광고를 하고 다니는 꼴이니까.

"이름이…… 이름이 보여요. 아까 부딪힐 때 봤어요."

"그래서, 이름이 어떻게 되죠?"

"이름이…… 고로. 고로 준이치예요."

노형진은 그 말을 듣고는 힐끔 시선을 돌렸다.

인터넷상의 채팅 창은 미쳐 날뛰고 있었다.

-이거 리얼? 진짜?

-거짓말 아냐?

-찾아보면 되겠지. 그 당시에 거기서 군 생활하던 고로 준이치가 몇 명이나 되겠어?

-맞아. 거기에다 생김새까지 나왔잖아!

-이거 맞으면 대박인데?

예상대로였다.

사람들 사이에서 급속도로 고로 준이치라는 이름이 퍼지기 시작했고 잠시 후 인터넷 검색어에 고로 준이치가 등장했다.

물론 그 이름은 채 30분도 안 되어서 사라졌지만.

"아마도 자위대에서 막았을 겁니다."

자위대는 이미 조사를 했다.

그러니 고로 준이치가 존재하며 그 외모가 맞고 그 당시 거기서 근무하고 있었다는 것까지 다 알고 있을 것이다.

범인이라고 의심하고 있을 테고 말이다.

"그러니 그의 존재를 감추고 싶을 테죠."

지금까지 군에 남아 있음을 토대로 판단해 보자면, 그는 절대 낮은 계급이 아니다.

아마도 최소한 이등육좌.

그러니까 한국으로 중령급 계급일 테니까.

특수전 전문가라는 점을 감안하면 더 높을 수도 있고 말이다.

"그런데 아무리 장교라고 하지만 자위대가 이렇게까지 보호하려고 하는 이유는 이해가 안 가는데요."

"그 존재가 문제죠."

"존재요?"

"네. 그는 아마도 신분이 드러나지 않는 부대 소속일 겁니다."

"그거랑 무슨 관계죠? 나이가 있으니 현역은 아닐 텐데요."

"두 가지죠."

일단 그쪽 계통 라인은 외부 장교의 수혈이 쉽지 않다는 거다.

즉, 특수전 라인을 계속 타고 왔다면 그 안에서 상당한 계급일 테니 지휘관 레벨이라는 소리다.

"그리고 신분이 드러나지 않는다는 것은 켕기는 것이 많다는 거죠."

일본은 공식적으로 자위대이지 군대가 아니다.

그래서 해외 작전은 할 수가 없으며 자국 내 작전만 할 수 있다.

"문제는 자국 내에는 위험한 작전이 없다는 거죠."

어찌 되었건 일본은 전 세계에서 가장 치안이 안정된 나라 중 한 곳이고, 그런 곳에서 위험한 작전을 할 이유는 없다.

"그런데 그들의 외부적으로 신분을 감추는 이유는, 적들이 신분을 알아차리면 자신과 가족이 위험해진다는 거죠."

"그건 그런데…… 아!"

작전을 한 적이 없다면 그들을 위험하게 할 세력이라는 것도 없을 것이다.

"공식적으로 일본 자위대는 해외 활동을 하지 않지만, 그건 어디까지나 공식이죠."

자문 형식으로 해외로 나가기도 하고 미국 델타포스나 그린베레와 협동작전을 하기도 한다.

"일본이 평화 헌법을 곡해해서 읽는 거야 뭐 널리 알려진 사실이니까요."

실제로 그랬다.

군대를 가지지 못하게 하는 평화 헌법인데 그에 바탕하여 자위대라는 자위 기구를 만들고 그 규모가 세계 레벨이니, 도대체 얼마나 곡해한 것이겠는가?

"평화 헌법은 전수 방위가 기본 원칙이지만 이미 정치권에서는 그걸 사실상 폐기한 상황이구요."

전수 방위란 상대방이 이쪽을 먼저 공격한 경우에만 반격하며, 그 반격도 상대방 영토나 도시는 안 되고 자국에 들어온 적 병력만을 대상으로 한다는 규칙이다.

"하지만 현재 일본은 말로만 전수 방위지 사실상 선제 방어 개념을 추구하고 있거든요."

선제 방어는 상대방이 이쪽에 위험하다고 판단될 경우 선제타격하는 것을 말한다.

사실상 이는 타국에 대한 선전포고를 하는 셈이고 결국 헌법을 위반하는 꼴인데도 불구하고 말이다.

"그거랑 고로 준이치랑 무슨 관계가 있는데요?"

"선제 방어를 하는 건 선제타격을 한다는 소리죠. 마치 미국처럼요."

"미국…… 아……."

미국은 전 세계에서 알게 모르게 온갖 군사작전을 하며 정보를 모으고 적을 제압한다.

물론 그게 쉬운 일은 아니지만, 미국의 군사력과 힘은 그걸 가능하게 한다.

"물론 그들이 공식적으로 그런 걸 하는 건 아니죠."

비공식적으로, 비밀리에 움직인다.

"일본도 그런 작전을 했겠군요."

"네."

말로는 전수 방위니 어쩌니 하지만 상식적으로 일본 정도 되는 국가가 비밀리에 군사작전을 하지 않았다면 오히려 그 것이 말이 안 된다.

신분이 드러나는 것에 대해 저렇게 예민할 필요도 없고 말이다.

"하지만 겐조 하다로가 살인으로 엮었지요."

고로 준이치가 잡히면 그가 했던 일들이 드러날 수도 있다.

그러니 자위대와 일본 정부 입장에서는 곤혹스러울 수밖에.

"그러면 이쪽에서 아무리 뭐라고 해도 조사를 안 하려나요?"

"그러고 싶겠지요. 아마 없는 사람이라고 하면서 최면술이 틀렸다는 식으로 이야기할 겁니다."

노형진은 느긋하게 말했다.

"하지만 그건 자위대 입장이고요."

자위대는 군대가 아니다. 공무원이고, 그냥 직장이다.

"그리고 그런 곳에는 퇴사한 사람이 있기 마련이지요. 후후후."

⚖️

신동하는 그 당시 근무하던 사람들을 찾아다니기 시작했다.

아무리 특수부대원이라고 해도 해당 부대가 다른 부대와 접점이 없을 수 없었고, 그 당시에 근무하던 많은 사람들 중

자위대를 퇴사한 사람들이 없을 수도 없었다.

애초에 자위대라는 존재 자체가 어찌 되었건 군대의 업무를 하는 곳이고, 나이를 먹으면 체력이 떨어지는데 승진하지 못하면 일선에서 일할 수는 없으니 말이다.

'그리고 그중에서 고로 준이치를 기억하는 사람을 찾는 건 어려운 일이 아니지.'

노형진의 조언에 따라 신동하는 고로 준이치를 기억하는 사람들을 찾아다녔다.

그들은 고로 준이치와 다르게 신분이 드러난 사람들이었기 때문에 그들을 찾는 건 생각보다 쉬웠다.

"고로 준이치? 기억나. 그 녀석, 운동 중독이었지. 자위대에 대한 자부심도 강했고."

"좀 이상한 놈이었어. 자위대라는 존재를 조금이라도 안 좋게 보면 아주 화를 내더라고."

"상관에 대해 욕을 해도 뭐라고 하더라고. 어떻게 군대에서 상관을 모욕할 수가 있냐고. 군대라니, 거기는 자위대잖아? 일본에 군대가 어디 있어?"

일본 자위대가 그런 사람은 존재하지 않는다고 공식적으로 발표한 지 채 하루도 지나지 않아서, 신동하는 그가 존재한다는 이런 인터뷰를 인터넷에 뿌렸다.

당연하게도 일본의 언론사들은 철저하게 입을 다물었지만, 그렇다고 해서 인터넷으로 그게 퍼지지 않을 리가 없었다.

그리고 그다음부터는 일사천리였다.

-그런 사람은 존재하지 않는다면서?

-그러면 인터뷰한 사람들은 없는 사람을 만들어 낸 건가?

-이거 누구 말을 믿어야 하는 거야?

-정부 말을 믿어야지!

물론 한국처럼 바로 들고일어나지는 않았다.

일본인이라는 존재 자체는 반골 기질이 강하지 않으니까.

"하지만 반골 기질 여부와 호기심의 강약은 전혀 다른 문제거든요."

노형진은 느긋하게 말했다.

많은 사람들이 일본 정부와 자위대의 해명을 믿고 있기는 하지만 그렇다고 해서 고로 준이치라는 존재에 대한 호기심이 통째로 사라진 건 아니었다.

"그리고 지금 사진을 뿌린다 이거군요."

관심이 한참 올라간 상황.

당연히 그의 사진이 인터넷에 뜬다고 해도 딱히 이상할 일은 아니다.

"네, 지금쯤 몇몇 사이트에 올라갔을 겁니다. 그리고 누군가는 그를 알아보겠지요."

정확하게는 알아보는 척할 것이다.

"지금 막 떴습니다."

계속 검색을 하던 박 부장이 다급하게 핸드폰을 내밀었다.

인터넷에 고로 준이치의 사진이 뜨고 얼마 지나지 않아서 나타난 댓글.

ㅡ이 아저씨 우리 동네 사람인데? 진짜로 육상자위대에 다녀. 계급이 이등육좌인가 그래.

ㅡ리얼?

ㅡ리얼 인증이네, 이거.

물론 고로 준이치의 존재를 인정한 것은 그 동네 사람이 아니다.

노형진이 고용한 사람이다.

노형진은 그를 통해 고로 준이치의 대략적인 주소지를 공개했다.

그리고 일이 이쯤 되면 아무리 노력해도 고로 준이치라는 존재 자체가 인정되지 않을 수가 없다.

당연하게도 그는 특정되기 시작할 테고 말이다.

"그리고 이제 특정된 이상, 우리가 직접 그를 공격할 수 있지요."

드러나지 않았으면 모를까, 그를 직접 고발하면 아무리 정부라고 해도 수사를 하지 않을 수는 없다.

"드디어 작전은 종반을 향해서 달려가네요."

노형진은 느긋하게 말했다.

하지만 여전히 신동하는 걱정스럽게 말했다.

"아무런 증거도 없지 않습니까? 그를 봤다는 최면술 증언 역시 살인에 대한 증언이 아니라 말 그대로 목격했다는 증언일 뿐, 살인 현장에 대한 증언이 아니니 법정에서 인정하지 않을 텐데요."

노형진은 고개를 끄덕거렸다.

이 경우는 누가 봐도 진술 말고는 증거가 없다.

설사 있다고 하더라도, 고로 준이치가 그걸 보관할 리가 없다.

"그럴 때는 고로 준이치를 무너트려야지요."

"어떻게요?"

"어차피 법정에서 인정받진 못할 거니까."

노형진은 어깨를 으쓱했다.

"뭘 해도 상관없지 않겠습니까? 후후후."

⚖

"이런 젠장."

고로 준이치는 주먹을 꽉 쥐었다.

벌써 10년도 넘은 사건이다.

이제는 잊어버린, 그래서 신경도 쓰지 않던 사건이 갑자기 튀어나왔다.

그리고 자신의 목을 죄어 오고 있었다.

인터넷에는 자신의 사진이 떴고 자신이 사는 곳이 특정되었으며 자신의 이름을 모두가 다 안다.

그리고 상황이 이쯤 되자 기자들이 돌변했다.

자위대의 부탁을 받아서 감추던 모습에서, 악착같이 그를 물어뜯는 모습으로 말이다.

"본인이 아니라고 하세요."

변호사는 고로 준이치에게 자신이 아는 한 최대한의 조언을 해 주었다.

"법적으로 그들의 행동은 아무런 의미가 없습니다. 최면술을 통해 과거의 기억을 읽어 내는 행동은 법원에서 인정하지 않습니다. 거기에다 그 당시에 살인을 한 걸 본 것도 아니고 당신이 그 여자에게 매달린 걸 봤다는 것만으로 당신이 살인범이라고 특정할 수는 없습니다."

"확실한 거죠?"

"확실합니다. 그들이 고발을 해도 당신은 모르는 일이라고 잡아떼면 됩니다. 증거도 없지 않습니까?"

변호사는 대충 각이 나오는지 느긋하게 말했다.

사실 고로 준이치가 변호사를 찾아왔다는 것 자체가 켕기는 것이 있다는 소리였다.

　하지만 상관없지 않은가?

　이미 증거는 사라졌고, 그가 살인범이라는 것을 증명할 어떠한 방법도 없다.

　"고발을 한다 해도 그들은 당신에게 아무런 행동도 하지 못합니다."

　변호사는 그렇게 자신만만하게 말했다.

　하지만 그는 한 가지 실수를 했다.

　그건 노형진도 안다는 사실을 간과한 것이다.

　고발해 봐야 아무런 효과도 없는데 노형진이 다짜고짜 고발을 할 리가 없었다.

　도리어 노형진이 신동하를 통해 내놓은 요구는 변호사의 예상을 초월하는 것이었다.

　"고로 준이치 씨에게 거짓말탐지기 검사를 요청하는 바입니다."

　정식으로 고로 준이치의 집으로 찾아온 변호사의 요구.

　그리고 고로 준이치는 진땀을 흘렸다.

　"뭐라고요?"

　"거짓말탐지기 검사에 동의해 주시기 바랍니다. 저희도 마음대로 고로 준이치 씨를 고발할 수는 없으니까요."

　"내가 왜 그걸 합니까?"

"그래야만 진실을 찾을 수 있다고 생각해서요. 최면술에 나온 것은 고로 씨의 이름뿐이지 행동이 아닙니다. 물론 그 당시의 상황이 의심스러운 것은 사실이지만, 그렇다고 해서 그게 고로 씨가 범인이라는 뜻은 아니죠."

고로 준이치를 찾아온 변호사는 신동우와 신동성이 보낸 사람이 아니었다.

신동하의 친구였고, 가장 먼저 수임을 했던 변호사였다.

그랬기에 다른 사람들은 무시하는 노형진의 의견을 적극 수용하고 있었다.

"상식적으로 의심만으로 고발을 할 수는 없습니다. 의심 스러운 걸 모두 고발하면 경찰의 업무가 마비될 겁니다. 그러니 저희가 비용을 낼 테니까, 거짓말탐지기 검사를 한번 해 보시죠."

'이건 이야기가 다르잖아?'

변호사는 상대가 고발을 할 거라 했다.

그래서 고발에 대비해 온갖 연습을 하고 거짓말을 만들어 내고 있었는데, 거짓말탐지기 검사를 받으라고?

"이런 말도 안 되는……."

"네?"

"아니, 아닙니다. 하지만 전 할 생각이 전혀 없습니다."

"어째서요?"

"어째서라니요? 그건 내 맘이죠. 어차피 그건 법적으로 아무런 효과도 없는 거 아닌가요?"

"네, 법적으로 아무런 효과도 없습니다. 그래서 해 달라고 요청드리는 겁니다. 그건 법적으로 인정되지 않으니까. 거기서 무슨 말씀을 하시더라도, 정식으로 고발이 들어가도 아무런 효과가 없으니까요."

그렇다면 정상적인 경우라면 하겠다고 대답할 것이다. 자신이 진짜 억울하다면 말이다.

하지만 고로 준이치는 할 수가 없었다.

"아니, 난 못 합니다! 안 해요!"

그는 못 한다고 딱 자르고는 문을 닫으려고 했다.

변호사는 다급하게 문을 잡으며 말을 이으려 했다.

"하지만……."

"고발하려면 하라고! 난 못 해!"

그는 언성을 높이면서 문을 닫아 버렸고, 변호사는 어쩔 수 없다는 듯 어깨를 으쓱했다.

"그러면 저희는 공식적으로 고발하는 수밖에 없습니다!"

그는 힘껏 목소리를 내서 외쳤다.

그러자 집 안에서 고로 준이치의 고함 소리가 들려왔다.

"마음대로 해! 난 검사 안 하니까 그렇게 알아!"

변호사는 어쩔 수 없다는 듯 몸을 돌려서 그곳을 떠났다.

그리고 좀 떨어진 차에서 기다리고 있던 노형진에게 다가왔다.

"예상대로네요. 거절하네요."

"그럴 겁니다. 거짓말탐지기 검사에 법적인 효과가 없다는 걸 알 테니까."

하지만 거기서 거짓말을 했다고 나오면 고로 입장에서는 상당히 곤혹스러울 수밖에 없다.

"하지만 그는 그걸 하나 안 하나 상관이 없다는 걸 모르는 것 같군요."

거짓말탐지기 검사의 목적은 상대방이 거짓말을 하는지 안 하는지에 대한 판단이다.

그런데 그게 법정에서 인정받지 못하는 건 부정확성 때문이다.

가령 어떤 여자를 좋아하느냐의 질문에서 거짓말탐지기는 '예, 아니요'는 판단할 수 있다.

하지만 그 여자를 친구로 좋아하는지 이성으로 좋아하는지, 아니면 썸을 타는 건지 호감이 있는 정도인지 사랑하는 정도인지 등은 판단을 할 수가 없다.

"중요한 건 하지 않겠다고 했다는 거죠."

거짓말탐지기 검사로 부정확한 결과가 나오는 것보다 검사를 아예 하지 않는 게 사람들에게 주는 부정적인 느낌은 더 강렬하다.

녀석이 걸리는 게 있어서 안 하는구나, 하는 느낌.

"결국 하든 안 하든 우리한테는 아무런 상관이 없다는 거죠."

노형진은 피식 웃으며 말했다.

"그리고 고로 준이치는 그 상황을 어떻게 해서든 벗어나고 싶어 할 테고요."

그리고 그때가 사건을 뒤집을 순간이었다.

⚖️

"젠장!"

고로 준이치는 머리가 지끈거렸다.

자신이 거짓말탐지기 검사를 거절했다는 소문이 파다하게 났다.

그 소문을 낸 것이 누구일지는 뻔하다.

그리고 주변의 반응은, 모조리 네가 걸리는 게 있어서 하지 못하는 거 아니냐는 식이었다.

애초에 그거 말고는 해석의 여지가 없었다.

상황이 너무 안 좋았다.

"이러면 우리는 역공을 하는 수밖에 없을 듯합니다."

"역공?"

"정식으로 기자회견을 하고 우리를 고발하라고 합시다."

"고발요?"

"네."

고로의 담당 변호사는 진지하게 말했다.

"법적으로 어쩔 수 없다는 걸 그들은 알고 있습니다. 그래서 우리를 사회적으로 몰아붙이는 거죠. 그러니 우리는 역으로 법적으로 몰아붙이는 겁니다. 우리가 의심스러우면 고발하면 되지 않느냐고 말입니다."

"오! 그러면 되겠군요!"

저쪽에서 법적인 방식이 아니라 사회적 방식을 취한다면, 이쪽에서 법적으로 이기면 사회적 방법은 효과가 없어진다.

그게 세상이다.

"그러니 우리가 먼저 고발을 하라고 기자회견을 하는 겁니다."

그리고 고발을 하지 않는다면 정당성은 이쪽으로 넘어온다.

"알겠습니다. 기자회견을 하도록 하겠습니다."

고로 준이치는 고개를 끄덕거렸다.

⚖️

"인터넷상의 분위기는 팽팽합니다."

신동하는 애매한 표정으로 말했다.

사회적으로 몰아붙였지만 저쪽은 법적으로 고발하면 되지 않느냐고 나왔고, 법적인 증거가 없는 이쪽 상황에서는 여러 가지 곤란한 점이 많았다.

"뭐, 예상 범위 안입니다."

"예상 범위 안이라고요?"

"네. 저라도 그런 방어 전략을 썼을 테니까요."

노형진은 느긋하게 말했다.

"사실 그게 타당한 전략이고요. 물론 지금 상황 자체가 타당성하고는 그다지 관련이 없기는 하지만요."

노형진은 어깨를 으쓱했다.

아무리 그가 머리를 쓴다고 해도, 법적인 부분에 들어가면 어쩔 수 없이 일본의 법에 따라야 한다.

"그러니 우리는 그의 입에서 자백이 나오게 해야 하고요."

"하지만 어떻게요?"

"그들은 정식으로 기자회견을 했습니다. 결국 얼굴이 팔렸다는 거고, 외부에 드러났다는 거죠."

"그런데요?"

"만일 우리가 질문을 딱 하나만 한다고 하면 그들은 우리를 만나 줄 겁니다. 공식적인 석상에서 말이죠."

"딱 하나요?"

"네, 딱 하나요."

단순한 질문. 그 하나마저도 받지 않겠다고 하면 그건 점점 자기들이 수상하다고 인정하는 꼴이다.

더군다나 기자회견까지 해서 억울하다고 한 상황에서는 말이다.

"거짓말탐지기의 경우에는 아무래도 프라이버시가 있는 부분이죠."

그러나 딱 하나의 질문은 아니다.

사실 그런 경우 질문의 내용은 정해져 있는 것이나 마찬가지이니 거짓말하는 건 일도 아니다.

"그러니까 딱 하나만 질문하겠다고 하세요. 아마 그러면 별말 없이 만나 줄 겁니다. 물론 공개 석상에서 말이죠."

"하지만 그건 별 의미가 없을 것 같은데요?"

"그때는 그때 가서 방법을 찾아봅시다."

노형진은 머리를 긁적거렸다.

확실히 이 방법이 좀 위험하기는 했다.

하지만 계획대로 된다면 더 이상 싸울 필요가 없어질 것이다.

"그런데 진짜로 딱 하나입니까?"

"네, 딱 하나뿐입니다."

신동하와 겐조 하다로가 조건을 달자 고로 준이치는 당장 그 조건을 받아들였다.

그 질문 내용을 예상하는 건 어렵지 않았으니까.

"아마도 피해자를 죽였냐고 물어볼 겁니다. 아니, 그 질문 말고는 없을 겁니다."

"당연히 아니죠."

"네, 당연히 아닌 겁니다. 증거도 없이 사람에게 죄를 뒤집어찌운다고 주장하세요. 그들에게 강한 역풍이 불 겁니다."

변호사는 고로를 보면서 자신 있게 말했다.

이건 좀 복잡하기는 했지만 질 수가 없는 싸움이었다.

"고생 많으셨습니다. 오늘로 고생 끝입니다."

"변호사님도 고생 많으셨습니다."

그들은 싸움이 끝났다고 생각해서 서로에게 공치사를 하면서 약속된 장소로 향했다.

당연하게도 그곳에는 여러 기자들과 관계자들이 나와 있었다. 워낙 이슈가 된 상황이니까.

"멍청한 놈."

그 자리에는 신동우와 신동성도 있었다.

"단 하나의 질문? 그걸로 진실이 밝혀진다고?"

"그럴 거라 생각합니다."

"신동하 네 녀석이 미쳐도 단단히 미쳤군."

신동성은 신동하를 비웃었다.

"동생아, 그렇게 멍청한 짓을 하니까 아버지가 널 인정하시지 않는 거다."

신동우 역시 신동하를 비꼬았고 말이다.

하지만 신동하는 대답하지 않았다.

자신이 뭘 하든 좋은 말이 나오지는 않을 거라는 걸 알기 때문이다.

"그건 두고 봐야지요."

정식으로 준비된 공간.

그곳에 자리 잡은 고로 준이치와 변호사.

그들은 이미 모든 준비를 마쳤다.

심지어 계약서상에 '질문은 단 한 개만 한다'는 문구를 명시하고 사인도 마쳤다.

그러니 집요하게 파고드는 질문을 할 수도 없었다.

"그러면 시작하겠습니다."

사회자는 묘한 표정으로 말했다. 이런 일은 처음이니까.

"질문을 하는 분은 겐조 하다로 씨의 대리인인 싱고 켄지 씨입니다."

"싱고 켄지? 그게 누구지?"

처음 듣는 이름에 순간 고로 준이치와 변호사는 고개를 갸웃했다. 누가 질문을 할 거라는 이야기는 없었으니까.

"문제 있습니까?"

"아니요. 그건 아닙니다."

어차피 겐조 하다로는 감옥에 있다.

물론 조만간 감옥에서 나올 가능성이 높다고 하지만, 그렇다고 해도 재판에서 결과가 뒤집어지기 전에는 그를 풀어 줄 수 없으니까.

결국 변호사든 누구든 대리인이 나올 수밖에 없었다는 이야기다.

"다른 변호사를 선임한 모양이네요."

고로의 변호사는 별생각 없이 말했고, 금방 무대 위로 한 남자가 올라왔다.

"그러면 시작해도 될까요?"

"네."

"잠깐만요. 이건 확답을 받는 거지 질문이 아니라는 부분은 확실하게 합시다."

싱고 켄지는 시작하기 전 확실하게 할 말이 있다는 듯 말했다.

"제가 질문을 하기 전에는 명백하게 질문이라고 말씀드릴 거고, 그 부분에 대해서는 100% 답변을 해 주셔야 합니다. 그 전에 제가 의문형으로 말하는 건 일종의 확답을 받기 위한 약속을 해 달라는 거지 질문으로 보면 안 됩니다."

"그러지요. 하지만 그런 행동에 대한 대답은 안 해도 되는 거죠?"

"네."

이미 계약서상 확인한 내용이었다.

"그럼 시작하겠습니다."

싱고 켄지는 고로 준이치에게 다가가서 어깨에 손을 올리고 뚫어지게 바라보며 말했다.

"지금부터 하는 질문에 사실대로 말하셔야 합니다. 아셨죠?"

"……."

"사실대로 말하는 거 약속하셨습니다. 아셨습니까?"

"……."

"지금부터는 거짓말하시면 안 됩니다. 이 점, 확실히 인지하셨죠?"

그런 의미 없는 질문이 한동안 계속되자 고로 준이치는 저절로 짜증이 났다.

'아니, 뭐 이딴 식으로 질문을 해?'

대답할 가치도 없는 그리고 대답도 안 할 질문을 계속 던지는 남자에게 슬슬 짜증이 올라오려는 그 순간, 갑자기 싱고 켄지가 그의 얼굴 앞에 짝 소리 나게 손뼉을 쳤다.

"헉!"

슬슬 지겨워져서 루즈해지던 고로 준이치는 갑작스러운 그의 행동에 깜짝 놀랐다.

그리고 그가 정신을 차리기도 전에 질문이 날아왔다.

"질문하겠습니다, 고로 준이치. 당신은 지금까지 살아오면서 사람을 죽인 적이 있습니까?"

단 하나의 질문.

예상했던 질문과 비슷하지만 좀 다른 질문.

당연히 그 질문에 대한 대답은 '아니요.'였다.

그걸 알기에 고로 준이치의 변호사는 느긋하게 그 장면을 바라보았다.

하지만 그다음 순간, 눈을 크게 떠야 했다.

"네, 죽인 적 있습니다."

"어?"

지금 벌어진 상황이 이해가 안 가는 듯 실내에는 침묵이 흘렀다. 하지만 하나의 질문에 단 하나의 답변이 나왔고, 그건 모두가 보고 있었다.

"어어……?"

순간 고로 준이치로는 당황해서 어찌할 바를 몰랐다.

자신이 미친 것도 아닌데 그런 대답을 했다니!

"이상입니다. 질문 끝났습니다. 그리고 답변도 나왔네요."

싱고 켄지는 진짜로 딱 하나의 질문만 던지고 무대에서 내려왔고, 당황하는 고로 준이치에게 이제 질문을 던지는 사람들은 다름 아닌 기자들이었다.

"고로 씨! 진짜로 죽인 겁니까?"

"지금 살인을 자백하신 건데요! 심경에 변화가 오신 겁니까?"

얼굴이 새파랗게 변하는 고로 준이치.

그걸 보고 노형진은 주먹을 불끈 쥐었다.

"나이스!"

⚖️

─물의를 일으켜서 죄송합니다. 모든 죄를 인정하고 처벌을 달게 받겠습니다.

고로 준이치는 두 번째 기자회견을 했다.

하지만 첫 번째와는 전혀 다른 기자회견이었다.

전에는 억울하다는 기자회견이었지만 이번에는 처벌을 받겠다는 기자회견이었다.

"저거 어떻게 한 겁니까?"

신동하는 신기한 듯 물었다.

노형진이 자신 있게 말하기에 더 이상 묻지 않았지만, 그 순간 고로 준이치가 진실을 말할 줄은 누구도 몰랐기 때문이다.

"속임수죠."

"속임수?"

"네. 저것도 최면입니다."

"최면요?"

신동하는 고개를 갸웃했다.

겐조 하다로가 최면에 걸릴 때 옆에서 봤다.

물론 그건 가짜였지만, 진짜 최면을 거는 모습을 그럴듯하게 따라 한 거라 최면을 거는 장면이 어떤 건지 나름 알고 있었다.

"진짜 최면은 누워서 그러는 거 아닌가요?"

"보통 사람들은 그렇게 생각하죠. 하지만 저건 '순간 최면'이라는 다른 기술입니다."

"다른 기술이라고요?"

"네."

최면을 누워서 하는 건 자세를 편하게 함으로써 마음을 풀고 경계를 늦추게 하기 위해서다.

"하지만 순간 최면은 일종의 공연용으로 개발된 거죠."

상대방이 인식하기도 전에 빠르게 최면을 걸어서 반응을 이끌어 내는 것이 순간 최면의 강점이다.

"약점은, 강한 최면은 걸 수 없다는 거지만요."

"그러면 그 쓸데없는 질문을 한 게……?"

"최면의 과정이죠."

고로 준이치는 계속되고 반복되는 질문에 지겨워하고 루즈해졌다.

당연히 정신적인 경계도 무뎌질 수밖에 없었다.

"거기에다가 그는 질문 내용을 예상했으니까요."

피해자를 죽였느냐는 질문, 그게 나올 게 뻔했으니까.

"하지만 우리가 한 질문은 그게 아니었죠."

피해자가 아니라 사람을 죽였느냐는 질문.

"정신이 흐릿하고 반쯤 최면이 걸린 상황에서 박수로 정신을 흔들고 최종 최면 단계로 들어간 거죠."

그리고 바로 질문을 던진다.

순간 최면은 정식 최면이 아니기에 금방 풀리지만, 단 한 개의 질문을 하는 데에는 충분한 시간이다.

"사실 걸릴지 안 걸릴지는 반쯤 도박이었지만요."

안 걸렸다면 다른 방법을 찾아야 했겠지만, 운이 좋았다.

"그리고 질문이 다른 것에도 영향을 미쳤죠."

"그게 왜요?"

"사람을 죽여 본 적이 있느냐와 피해자를 죽였느냐는 질문은 전혀 다른 거거든요."

피해자를 죽였느냐는 질문에 대해서는 충분히 경계를 하고 있을 것이다. 당연한 예상이니까.

"하지만 우리 예상으로는, 그는 외국에서 실전을 겪은 비밀 부대원일 겁니다."

"아!"

외국에 비밀 작전을 나가는 것이 소풍을 가는 건 아닌 만큼 위험한 일일 것이다.

거기에다 그는 스파이가 아니라 전투부대원. 즉 그가 비밀 작전을 했다는 것은 교전을 했다는 소리고, 그 말은 그가 사람을 죽여 봤을 가능성이 아주 높다는 의미였다.

"전혀 다른 의미군요."

그가 방어한 것은 피해자에 대한 것만이지만, 질문은 통합적인 것이었으니까.

"문제는, 사람들이 알고 있는 사건은 그거 하나뿐이라는 거죠."

사람들이 보기에는 그 질문은 피해자를 죽였느냐는 질문이었고 고로 준이치는 '네.'라고 대답했다.

"살인을 인정한 거죠."

자기 스스로 '네.'라고 대답한 이상 분명 증거가 될 수 있는 영상이니, 그걸 가지고 고발을 하면 그는 살인죄에서 벗어날 수가 없었다.

"그래도 그렇지, 기자회견까지 하다니 의외네요."

"아마 자위대에서 시켰을 겁니다."

"자위대에서요?"

"자위대 입장에서는 그가 특수전에 들어간 것을 인정할 수가 없을 테니까요."

즉, 자위대는 다른 군사작전에 관련된 살인은 감춰야 하니 그가 개인적으로 저지른 살인에 대해서는 인정하라고 압박할 수밖에 없었을 테고, 평생을 군인으로 살아온 그의 입장에서는 어차피 드러난 상황에서 감출 수도 없었을 것이다.

"만일 과거 작전 기록을 가지고 협박을 하면 본인이 처분당할 수도 있을 테니까요."

그러니 그가 자신의 범죄를 인정할 수밖에 없었던 것이다.

"치밀하시네요."

"운이 좋았습니다."

사실 순간 최면이 안 걸리면 다른 방법으로 압박을 해야 하니 시간이 걸렸을 가능성이 높았는데, 그때는 이미 겐조 하다로가 풀려났을 테니 신동하의 힘을 증명하기 애매했을 것이다.

"하지만 성공했고, 이제 겐조 하다로는 신동하 씨의 편이죠, 후후후."

＊

"자유다."

겐조 하다로는 하늘을 올려다보며 중얼거렸다.

감옥에서는 운동 시간을 제외하고는 볼 수 없던 하늘.

마음대로 하늘을 볼 자유마저도 빼앗겼었지만 이제는 그 누구도 그를 막지도, 뭐라고 하지도 않는다.

"자유야……."

재판정에서 무죄를 선고했으니 이제 그는 감옥으로 돌아갈 필요 없이 미리 준비한 숙소로 가면 된다.

"바깥에 기자들이 대기하고 있습니다."

"기자들이요?"

"흔한 일은 아니잖아요."

일본은 사건이 뒤집어지는 경우가 거의 없기 때문에 이런 경우 상당히 대서특필된다.

더군다나 이번 사건은 여러모로 드라마틱했기 때문에 관심을 많이 받고 있었다.

"나가시죠."

"감사합니다."

변호사의 손을 잡고 웃은 겐조 하다로는 천천히 재판정을 나갔다.

그리고 나가기 직전, 그는 기자들이 없는 공간에서 기다리고 있는 사람들을 발견했다.

"너무 서두르는 거 아닌가요?"

"그게 당신이 가진 주식의 힘입니다."

입구에서 기다리고 있는 세 사람.

신동우, 신동성, 신동하.

그들은 웃고 있었지만 그 사이에서는 스파크가 심각하게 튀고 있었다.

"축하드립니다, 겐조 하다로 씨."

"고생 많으셨습니다, 겐조 하다로 씨."

"이제는 자유입니다, 겐조 하다로 씨."

천천히 다가오는 세 사람.

옆에서 그들을 본 변호사가 겐조 하다로에게 귓속말을 했다.

"아까는 사람이 많아서 말 못 했는데, 저 사람들이 숙소를 각자 따로 잡아 뒀어요."

"따로요?"

"그래요, 각자."

겐조 하다로는 씁쓸한 표정이 되었다.

쉽게 말해서 세 사람은 자신에게 지금 선택을 강요하는 것이다.

자신이 누구의 손을 잡느냐에 따라 상황이 바뀌는 것이다.

'이거, 참······.'

미리 듣기는 했지만 그때는 자유가 아니었다.

하지만 나와서 보니 기분이 묘했다.

"누구의 손을 먼저 잡으실 건가요?"

"누구의 손이라······."

겐조는 세 사람을 바라보았다.

아무리 이익을 위해서라지만 자신을 위해 노력한 세 사람, 그들 중에서 한 명을 골라야 한다.

'아니, 그럴 필요가 없군.'

이미 계약은 끝났다.

자신을 꺼내 준다는 계약을 지켰고, 그걸 넘어서 자신에게 누명을 씌운 사람을 찾아서 처벌까지 해 준 단 한 사람.

"고맙습니다, 신동하 씨."

가장 먼저 잡은 신동하의 손.

그걸 보고 신동우와 신동성의 얼굴은 딱딱하게 굳었다.

생각지도 못한 일이었으니까.

겐조 하다로가 신동하의 우호 지분이 되어 버렸다면, 사다리는 확실하게 탈 수 있는 상황이다.

"감사합니다."

신동하는 웃으며 자신의 형제들을 바라보았다.

"그러면 마무리 인사를 하고 계시지요. 숙소 상황을 확인하겠습니다."

"네, 그러지요."

겐조 하다로는 무슨 뜻인지 알고는, 자리를 뜨는 신동하를 뒤로하고 신동우와 신동성에게 인사를 건넸다.

하지만 그들은 결코 웃을 수가 없었다.

지금 상황이 너무나 당황스러웠으니까.

"신동하 씨가 숙소를 잡았다고 하니 저는 가서 신세를 지도록 하겠습니다."

겐조 하다로가 마지막으로 인사를 건네고 멀어지는 걸 보면서 두 사람은 멍한 표정을 지을 수밖에 없었다.

한편 좀 떨어진 곳에서 숨어서 그 장면을 바라보던 신동하는 주먹을 불끈 쥐었다.

"이제 얼마 안 남았다."

대동이라는 먹잇감이 눈앞에 훨씬 가까워졌다는 걸 신동하는 느끼고 있었다.

사랑에 국경은 없어도 인격은 있다

　"그런데 노형진 변호사님 같은 분이 이런 작은 사건도 하시나요?"

　"작은 사건은 없습니다. 어려운 사건은 있지만요. 그리고 저는 어려운 사건 담당이지 작은 사건 담당이 아닙니다."

　노형진은 웃으면서 맞은편에 있는 여자에게 커피를 건넸다.

　"유지영 씨, 그나저나 기록을 보기는 했지만 다시 한번 자세하게 듣고 싶은데요."

　"네, 그러니까 그게 사실은……."

　유지영은 긴 한숨과 함께 자신의 상황을 이야기하기 시작했다.

　그녀는 올해 스물세 살. 꽃다운 나이다.

대학을 졸업하고 이번에 모 대기업에 취업을 했다.

그것도 어마어마한 경쟁률을 뚫고 말이다.

인턴 제도가 생긴 이후에 정규직이 되는 것은 죽을 만큼 힘들어졌고, 그 결과 그녀와 함께 인턴을 했던 사람들 중 정규직으로 전환된 사람은 1%가 안 되었다.

"그런데 회사에 있는 사람 때문에 죽을 것 같아요."

그렇게 힘들게 취업을 했고 정규직이 되어서 모두의 부러움을 샀는데 그 회사가 지옥이 될 줄은 몰랐다.

"박철신 그 개자식이!"

이를 빠드득 가는 유지영.

"확실히 이런 경우라면 곤란하죠."

박철신은 그녀가 새롭게 배치받은 곳의 과장이었다.

"차라리 괴롭히는 거라면 나을 텐데요."

진짜로 괴롭히는 거라면 차라리 나을 거다.

성추행을 하거나 아니면 성차별을 하거나 음담패설을 하거나 하는 거라면 법적으로 처벌하기 쉽다.

"구애라니……."

노형진은 묘한 표정이 되었다.

박철신이 유지영에게 반해 적극적으로 구애를 하기 시작한 것.

물론 박철신이 유부남이라면 문제가 되겠지만 그는 아직 결혼도 안 한 솔로다.

이것이 법이다

"그러니까 죽겠어요. 고발할 수도 없고 싫은 소리 할 수도 없고……."

물론 남자가 여자가 좋아서 구애를 한다는 게 나쁜 건 아니다. 그렇게 사랑이 이루어지고 결혼하고 가정이 만들어지니까.

'하지만 구애라는 것도 결국 상대방에게 어느 정도의 배려는 있어야지. 이건 뭐…….'

유지영의 나이, 이제 23세.

박철신의 나이 올해 42세. 두 배 가까이 차이 나는 나이다.

"미치겠어요. 뭐만 하면 하트 뿅뿅 날려 대는데 그게 저한테 얼마나 부담이 되는지…… 아세요?"

"알죠. 왜 모르겠습니까?"

"거기에다 전 남자 친구도 있다고요!"

사랑에는 나이도, 국경도 없다곤 하지만 그건 어디까지나 양쪽이 다 동의했을 때의 이야기다.

그런데 박철신의 경우는 그게 아니었다.

일방적으로 구애를 하고 좋다고 호감을 표현한다.

순수한 호감 표시니 고발을 할 수도 없는 노릇이다.

"거절은 안 해 보셨나요?"

"해 봤지요. 처음에는 좋게 이야기했어요. 어찌 되었건 제 상관이니까요."

하지만 애초에 말이 안 통했다.

남자 친구가 있다는 말에는 사랑은 움직이는 거라는 개소리나 하고, 진짜 생각이 없다고 돌려 말하면 정들면 다 사랑이라는 헛소리를 날렸다.

"얼마 전에는 제 인사 기록부를 뒤져서 저희 집으로 꽃까지 들고 왔다고요!"

더군다나 그녀는 혼자 사는 것도 아니다.

부모님과 여동생과 같이 사는데, 그렇게 다 늙은 남자가 다짜고짜 남자 친구라며 찾아왔으니 부모 입장에서는 당혹스러울 수밖에 없다.

심지어 아직 진짜 남자 친구도 소개시켜 주지 않았는데 말이다.

"부모님은 미친놈 같다고, 아무래도 회사를 그만두는 게 어떠냐고 말을 하세요."

문제는 그런다고 해서 그 미친놈이 떠날 것 같지 않다는 것이다.

"상황을 보아하니 제대로 미친 놈인 것 같은데요."

좋게 말하면 구애일지 모르지만 이건 스토킹이라는 범죄행위다.

물론 하는 놈은 절대 아니라고 주장하겠지만.

"성폭력 상담소는 안 가 보셨습니까?"

"안 가 봤겠어요? 상담소에 갔더니 고발하라는 개소리나 찍찍 해 대고……."

"원래 상담소라는 데가 그래요. 기본적으로 일방을 피해자로 놓고 구제하는 게 목적이거든요."

하지만 그로 인해 발생하는 문제는 같이 해결해 주지 않는다.

"아마도 고발하거나 하면 해직은 당연할 테죠."

"그러니까요! 제가 그래서 미치겠어요! 그렇다고 진짜로 그만둘 수도 없잖아요. 아니, 그만둔다고 해도 이미 주소랑 전화번호랑 제 개인 정보를 다 알고 있으니 찾아오지 않으리라는 보장도 없고요."

그녀는 이제 취업한 지 1년도 안 된 새내기.

그에 반해 박철신은 산전수전 다 겪고 과장까지 달아서 당연히 자기 파벌이 있는 직장인이다.

"거절하면 자르는 건 일도 아닐 테니."

애초에 그가 왕따시키면 유지영은 업무는 하지 못하고 그만둘 수밖에 없다.

그렇다고 회사에다가 자리를 옮겨 달라고 할 수도 없다.

결국 거절하는 것으로 받아들일 테니, 어디로 가든 박철신이 자기 인맥으로 찍어 누를 테니까.

"회사 사람들이 저를 보면 맨날 불쌍하대요."

"이런 일이 많은가 보죠?"

"저 말고도 그 인간 때문에 회사를 그만둔 사람이 많은 모양이에요. 그 이후에 어떻게 되었는지는 모르겠지만요."

"이런 건 회사 차원에서 커트해 줘야 하는데요."

그를 여직원이 없는 곳에 배치하든가 아니면 그가 있는 곳에 여직원을 배치하지 않든가 하는 식으로 조절해 줘야 하는데, 아무리 대기업이라고 하지만 그렇게 조심스럽게 인력 배치를 할 리가 없다.

"그래서 제가 여기에 온 거예요. 다른 곳에서는 해결책을 찾을 수가 없어서요. 여기서는 어떤 사건이든 진지하게 그리고 확실하게 해결책을 찾아 준다고 해서요."

자신에게 피해가 오지 않게 하면서도 그 인간을 잘라 낼 수 있는 방법을 찾기 위해 말이다.

"새론이 고민 상담소는 아니기는 합니다만."

아무리 새론이 기본적으로 싼 가격을 유지한다고 하지만 그건 어디까지나 상대적 기준이다.

이제 새내기가 다름없는 유지영이 그 돈을 쉽게 낼 수 있을 리가 없다.

"방법이 없으면 그만두는 수밖에 없어서요. 최악의 경우 이사도 해야 할지도 몰라요."

유지영은 입술을 깨물며 말했다. 아무리 회사가 좋아도 정상적으로 다닐 수 없는 상황이라면 결국 남은 것은 사표뿐이다.

'그리고 다른 여자들 역시 비슷한 선택을 했을 테고.'

노형진은 잠깐 고민하다가 고개를 끄덕거렸다.

"제가 이 사건을 해 보도록 하겠습니다."

⚖️

　노형진은 일단 이 문제를 해결하기 위해 다른 여자 직원들을 만나 봤다. 이런 경우에 대해 잘 알아야 대응책을 찾을 수 있을 테니까.

　그리고 이런 경우에 대해 잘 알 만한 사람이 두 사람 있었다.

　"손예은 변호사님은 남자 친구를 어디서 만났나요?"

　손예은 변호사는 지금은 새론을 그만두고 안당마님과 함께 일하고 있지만, 그녀에게 나이 차이가 많이 나는 남자 친구가 있다는 것을 노형진은 기억하고 있었다.

　"저한테 데이트 신청을 했지요."

　"나이 차이가 많이 난다고 들었는데, 불편하지 않았나요?"

　노형진의 질문에 손예은 변호사는 담담하게 대답했다.

　"편했다고 하면 거짓말이겠지요."

　나이 차이가 많이 나는 남자가 대시를 해 오면 그걸 맘 편하게 받아 주는 여자는 없다.

　그럼에도 불구하고 나이 차이가 많이 나는 커플들은 적지 않게 생겨난다.

　"그런데 왜 만나게 된 건가요?"

　"편안함이죠."

　"편안함?"

　"네. 저도 그렇지만, 주변에서 나이 차이가 많이 나는 커플들의 기본은 존중에서 시작돼요."

상대방을 존중하고 배려하는 여유. 그건 상대방을 편하게 한다.

"저한테 대시를 할 때도, 가끔 데이트 신청을 할지언정 부담스럽게 연락하거나 따라다니거나 전화하지는 않았어요. 자주 연락해 봐야 사흘에 한 번 정도?"

상대방에게 받아들일 시간을 줘 가면서 천천히 다가왔다는 것.

"그리고 차이를 명확하게 인식하고 그걸 고치려고 하더군요."

"차이?"

"세대 차이 말이에요."

세대 차이.

과거에는 부모 자식 간에 차이 나는 걸 말했지만 지금은 시대가 워낙 빠르게 변화해서, 1년만 차이 나도 한 세대 정도의 차이와 비슷한 효과를 가진다고 한다.

"제가 다른 건 제가 잘못된 게 아니라 자신과 다른 세대를 살아서라는 걸 인정하고 받아들이더군요."

가령 몇십 년 전에 클럽에서 노는 여자들에 대한 인식은 대부분 죽순이, 헤픈 여자 같은 식이었다.

하지만 지금에 이르러서는, 가끔 친구들과 가는 정도로는 그렇게 보진 않게 되었다.

"결국 차이를 받아들인 거다?"

"네, 그리고 그걸 맞추려고 노력하니까요."

자신에게 맞추라고만 요구하는 게 아니라 스스로도 상대의 행동이 틀렸다고 판단되지 않는다면 인식을 고치고 새로운 걸 배우려고 하는 자세.

"그런 행동 때문에 자연스럽게 편하게 만나게 되더군요."

"흠, 박철신하고는 정반대군요."

하루에도 몇 번이나 전화하고, 문자를 보내고, 퇴근 후에도 계속 연락하고 만나자고 매달리고, 친구들과 술이라도 마시려고 하면 어디냐고 눈에 불을 켜고.

그런데 실상은 회사의 동료일 뿐이다.

그마저도 상사와 부하 관계.

"그런 인간들은 대부분 자기가 뭘 잘못하는지 모르죠."

손예은 변호사는 불편한 듯 말했다.

"그들에게 있어서 상대는 감정을 공유하는 대상이 아니라 정복의 대상일 뿐이죠."

"그런 것 같네요."

노형진은 피식 웃었다.

틀린 말은 아니다.

실제로 박철신이 한 말 중에 그런 말이 있다고 했다.

여자 나이가 서른이 넘으면 퇴물도 이런 퇴물이 없다나?

'안 봐도 대충 어떤 인간인지 알겠네.'

금사빠니 사랑이니 하지만 결국 그는 트로피 와이프, 그러니까 자신이 성공했다는 증거를 찾고 싶은 것이다.

문제는 그런 타입의 여성이 많지도 않거니와, 그런 여성들이 추구하는 대상과 박철신은 사실 그리 맞지 않는다는 것이다.

'그러니 다음 방법이 꼬시는 거지.'

하지만 그런 마인드를 가지고 상대방을 무시하면서 접근하면 여자들은 금방 안다.

그러니 엄청나게 부담스러워할 수밖에.

"이런 경우가 여자들에게 많나요?"

이건 범죄도 아니고, 그렇다고 신고할 수 있는 대상도 아니다.

물론 스토킹은 범죄행위이니 처벌 대상이지만, 그 스토킹이라는 행위 자체가 법적으로 규정이 애매하다.

하루에 몇 회까지 연락하고 문자를 보내는 게 정상적인 교류의 범위인지 법적으로 정해진 바가 없으니, 누군가에게는 구애의 행동일 뿐이라 해도 누군가에게는 극심한 스토킹이 될 수밖에 없다.

'스토킹 행위에 대한 처벌도 제대로 이루어지지 않고 말이야.'

스토킹은 법적으로 경범죄처벌법 제3호 41항에 속한다.

범죄이기는 한데 경범죄, 그러니까 아주 가벼운 범죄로 취급되며 그 처벌도 10만 원 이하의 벌금, 구류 또는 과료다.

"사실 여자들, 아니 피해자들 입장에서는 미칠 것 같은 일이에요. 남자만 스토킹하는 것도 아니고 여자만 피해자인 것도 아니니까."

"흠……."

조용히 듣고 있던 고연미 변호사가 입을 열었다.

"그쪽으로는 내가 이야기를 안 할 수가 없네, 진짜."

"그래서 제가 부탁드린 겁니다."

손예은 변호사가 나이 차이 나는 사람과 사귀는 감정을 안다면, 고연미 변호사는 아이돌 출신으로 스토킹에 대한 아주 처절한 경험을 가지고 있으니까.

"혹시 옛날에 마진룡이라고, 기억해요?"

"마진룡?"

노형진은 고개를 갸웃했다.

이름은 익숙한데 기억이 가물가물하다.

"잘 모르겠네요."

"그 있잖아요, 〈우는 남자〉라는 곡."

"아! 기억납니다."

그룹이 대세인 요즘 시대에 흔치 않은 남성 솔로로 데뷔했던 연예인이다.

그리고 〈우는 남자〉라는 그 곡은 분명 노형진도 기억할 정도로 명곡이었다.

"그런데 그 애가 그 곡 이후에 제대로 활동하는 거 봤어요?"

"그러고 보니 그러네요."

어지간한 실수만 하지 않는다면 그 정도 인기 곡을 가진 가수라면 중박은 쳐야 한다.

그런데 생각해 보니 그 곡 이후로 그는 활동을 하지 않았다.

그래서 기억이 나지 않았던 것이다.

"그 애, 군대 갔어요. 그것도 자원해서."

"자원해서요?"

"네. 미친년이 하나 따라붙었거든요."

지독한 스토커가 따라붙었는데, 마진룡이 가는 곳은 어디 든 따라갔다고 한다, 국내 공연, 해외 공연 등등 가리지 않고.

사실 따라다니는 거야 그렇다고 쳐도 너는 내 거라며 혈서 를 보내고, 어떻게 알아냈는지 끊임없이 전화하고, 다른 여 자와 이야기라도 하면 그 여자의 집에 목이 잘린 고양이가 날아가고.

"심지어 다짜고짜 마진룡의 부모님 집에 가서 며느리라고 인사하고 나가지를 않아서 경찰까지 불렀다더군요."

"그 정도입니까?"

"스토킹 피해는 남자고 여자고 안 따진다니까요. 마진룡 이 심하게 당하기는 한 거지만, 연예인치고 스토킹 안 당해 본 사람이 없어요."

이건 연예인만의 문제가 아니었다.

"유흥업 종사자들도 많이 당하죠. 일반인들도 많이 당하 구요."

손예은의 말을 들어 보니 아무래도 그쪽도 이런 문제가 심각한 모양이었다.

"마진룡 같은 경우는 진짜 고발도 해 보고 읍소도 해 보고 경찰도 불러 보고 다 하다가 해결이 안 되니까 결국 군대로 도피한 거예요."

"제 발로 군대에 갈 정도였다니…… 심각하군요."

한창 인기를 끌던 남자 연예인이 군대에 갔다 와서도 그 인기가 계속 이어진다는 보장은 전혀 없다.

그래서 대부분의 남자 연예인들은 입대를 최대한 늦춘다.

마진룡 정도면 수십억의 손해를 각오하고 들어갔어야 했을 것이다.

"그런데 그다음이 더 가관이에요."

"어떻게요?"

"그 미친년이 자가용으로 부대에 돌진했대요."

"헐?"

아무리 스토커라 해도 군대에는 못 따라간다.

물론 면회 정도는 신청할 수 있겠지만 연예인이 입대했을 때 면회하겠다고 따라가는 팬이 한두 명도 아닐 테고, 설사 간다고 해도 군부대에서 신분증을 확인해서 당사자에게 문의해 준다.

"당연히 거절당했겠군요."

그리고 미쳐서 돌진.

결국 사보타주 혐의로 처벌받게 되었다고 한다.

"제 친구는 스토커 때문에 대학도 그만두고 집까지 이사했어요. 처벌이 제대로 이루어지지 않아서요."

노형진은 고개를 끄덕거렸다.

사실 그러한 이야기는 주변에서 흔하게 들을 수 있다.

"사실 법을 집행하는 사람들이 무시해서 그렇지, 스토킹 범죄는 상당히 위험하기는 하지요."

많은 살인이 스토킹의 끝에서 벌어진다.

범죄의 피해자는 정신적으로 점점 지치고 미쳐 가는데 경찰은 경범죄로 처벌한다.

"열 번 찍어서 안 넘어가는 나무 없다고 하는데, 제가 봐서는 이건 헛소리라니까요. 누가 찍히고 싶어서 찍히는 것도 아니고, 이게 맞고 싶어 하는 거 같아서 때렸다랑 뭐가 달라요? 그걸 왜 가해자가 판단하는 건데요?"

"정확한 말이네요."

고연미 변호사의 지적에 노형진은 자신도 모르게 고개를 끄덕거렸다.

맞는 말이다.

상대방은 나무가 아니라 사람이다.

감정이 있고 사회가 있는.

물론 데이트 신청이야 할 수 있다.

여자에게 거절당해도, 몇 번 더 꾸준하게 데이트 신청하는 것도 있을 수 있는 일이다.

하지만 그 꾸준한 행위에는 상대방이 '과도하게 불편해하지 않는 정도'라는 절대적 명제가 붙어 있어야 한다.

상대방이 과도한 불편함을 느끼거나 공포감을 느끼게 되면 그건 데이트 신청이 아니라 스토킹이 된다.

"특히 이번 경우같이 스토커가 절대적 갑이라고 하면 대응할 방법이 없는 것도 사실이고요."

"이거 참. 스토킹 방지법 같은 건 왜 안 만드는지 몰라요."

고연미의 말에 노형진은 머리를 긁적거렸다.

"이건 아무래도 복잡하죠."

"복잡해요? 뭐가요?"

"기준을 어떻게 잡아야 하는지가 문제니까요."

하루에 열 번 연락하는 걸 기준으로 삼아야 하나?

아니면 상대방에게 꽃을 사 주는 걸?

그도 아니라면 회사나 집 근처로 찾아가는 것?

"이게 애매해요."

스토킹이라는 행위는 나쁜데, 그 개별적 행동을 보면 그러한 행동들은 구애 행위로 분류된다.

일단 그 데이트 신청이라는 것도 외모에 영향을 많이 받다 보니 외모에 따라 처벌받는 황당한 경우가 생길 수도 있다.

연예인 뺨치는 사람이 데이트를 신청하면 대부분 쉽게 받아들여지겠지만, 보통 산적이니 오징어니 하는 평범한 사람들이 데이트 신청을 하면 그렇게 쉽게 받아들여지지 않는다.

"문제는 포기하지 않고 두어 번 데이트를 신청했는데 그게 기분 나쁘다고 스토킹으로 신고하면, 진짜 외모를 가지고 법률이 차별하는 황당한 결과가 생기거든요."

그러한 여러 가지 복잡한 이유로 인해 스토킹에 대한 명확한 기준을 만드는 것은 쉬운 일이 아니다.

잘생긴 사람이 신청하는 것과 못생긴 사람이 신청하는 게 다르며, 하루에 한 번이냐 며칠에 한 번이냐도 다르고, 남자가 신청하는가 여자가 신청하는가 하는 것도 다르다.

"통일된 규칙이 없으면 그건 심각한 폐해를 만들 뿐이니까요."

사실 그것만이 문제가 아니다.

어찌어찌해서 규칙을 만든다고 해도, 그건 대놓고 헌법 소원 대상이 된다.

"결과적으로 구애 행위를 법으로 정하고 처벌한다는 건데, 이건 대놓고 헌법을 위반하는 꼴이 됩니다. 빅 브라더도 아닌데 말이죠."

"아……."

고연미는 아차 싶었다.

피해자 쪽 입장에서 보면 환장할 노릇이지만, 법을 만드는 사람 입장에서는 범죄의 한계를 특정하기가 너무 애매하다는 것이 문제였던 것.

"아예 일방적인 경우라면 그나마 나은데, 가령 사귀던 커플이 헤어진 거라면요? 그것도 일방의 변심에 의해 말입니다."

당연히 차인 쪽은 어떻게 해서든 마음을 돌리려고 노력할 테고 끊임없이 연락하려고 할 것이다.

"그런데 찬 쪽에서 그냥 스토킹으로 고소하면요?"

차인 쪽은 가뜩이나 억울해 죽겠는데 전과까지 생기는 꼴이다.

"스토킹이라는 행위 자체는 처벌해야겠지만 그걸 분류하기가 쉽지 않습니다. 그리고 애초에 우리나라 국회의원들이 자기한테 돈도 안 들어오는 법을 그렇게 쉽게 만들어 주던가요?"

"마지막 말 완전 팩트 폭력."

고연미 변호사는 자신도 모르게 고개를 끄덕거렸다.

"일단 현 상황에서 박철신이 스토킹 행위를 하는 것은 부정할 수 없는 사실이에요. 그리고 피해자인 유지영 씨가 저항할 수 없는 것도 사실이고요."

오죽하면 주변에서도 모두 불쌍하다고 할까?

"나이가 문제가 아니라 인성이 문제인데, 그걸 가해자가 알 리는 없고."

노형진은 머리를 긁적거렸다.

"고발을 하자니 직장을 잃을 테고 처벌은 터무니없이 낮을 테니까."

"오죽하면 깡패를 찾아가는 피해자들도 있다고 하더군요."

"깡패요?"

손예은 변호사의 말에 노형진은 깜짝 놀랐다. 깡패라니?

하지만 이내 그녀의 말에 수긍할 수밖에 없었다.

"아무래도 경찰에게 도움을 청하기 힘들잖아요. 신고를 해도 제대로 처벌이 내려지는 것도 아니고."

술집에 다니는 아가씨들의 경우 일단 사건을 접수해도 경찰들이 좋게 안 보는 데다가, 질 나쁜 경우는 술집에 다닌다고 성추행을 하거나 성희롱을 하는 놈들도 있다고 한다.

"술집에 다닌다고 꽃뱀 짓 하는 거 아니냐고 물어보는 사람도 있다고 하더군요."

"흠……."

"그렇다 보니 좀 심하다 싶은 경우는 차라리 깡패를 찾아가는 경우도 있나 봐요."

"깡패라……."

노형진은 턱을 문질렀다.

"이런 걸 알 만한 사람이 한 명 있기는 하네요."

그리고 그가 이런 것에 대해 안다면, 어둠의 방식에 대해서도 알아 둘 필요가 있다고 노형진은 생각했다.

⚖

"담가."

"뭘 담가!"

스토킹 사건. 아무래도 쉽지 않은 사건이기에 노형진은 오광훈을 찾아갔다.

혹시나 그런 경우에 대해 아는가 하는 생각 때문이다.

그리고 의외의 증언을 들을 수 있었다.

"그런 사건 많아. 몇 번 의뢰받아서 해결해 준 적도 있고."

"있다고?"

"스토킹 피해자가 착한 놈이면 그냥 신고하다가 자기 속 썩이고 끝인데, 그런다고 해서 스토커가 떨어지면 애초에 그런 짓을 안 했겠지. 내가 깡패로 활동할 때는 집 앞까지 사시미 들고 가는 놈들 여럿 봤다. 특히 무슨 드라마에서 '나랑 죽을래, 나랑 사귈래?' 하는 대사가 히트 치고 난 다음에는 그게 무슨 마법의 말인 줄 알고 아주 스토커들이 입에 붙이고 살더라. 어이가 없어서, 정말."

손을 들어서 주먹을 꽉 쥐고 흔드는 오광훈.

"어지간히 미친 새끼 아니면 붙잡고 한 사흘쯤 작살나게 패면 알아서 나가떨어져. 내 경험상 스토킹 하는 새끼들은 상대방이 자신한테 피해를 못 준다는 걸 알고 그 지랄을 하더라고."

"와, 씨발. 그것도 틀린 말은 아닌데."

노형진은 머리를 부여잡았다.

"현실판 미저리? 그 새끼들도 온갖 패악질을 다 하더라도 결국 자기가 손해 보는 건 못 참더라. 원하면 한만우 씨한테 연락하든가. 좋은 방법 하나 알려 줘? 그 새끼 잡아다가 모가지만 남기고 땅에 파묻잖아? 그리고 그 위에다 벌꿀 한 통 부어 주면 똥오줌 질질 싸면서 살려 달라고 빌다가 다시는 접근 안 해. 거기에다 개미집 같은 거 풀어 주면 아주 효과 만빵이고. 실제로도 접근 안 하고."

"해 봤구나."

"한 대여섯 번?"

"뭐? 대여섯 번? 그렇게나 많아?"

"남자 피해자가 두 명에 여자 피해자가 세 명이었나, 네 명이었나? 하여간 그랬어. 내가 해 본 것만 그 정도 됐고, 내 부하들이 알아서 한 거까지 생각하면 더할걸. 보스가 된 이 후에는 그런 자잘한 건 하지 않았으니까."

스토킹 때문에 폭력 조직까지 부를 정도면 그 피해는 생각 보다 크다는 소리다.

거기에다 그가 행동대원과 행동대장으로 있던 동안 대여섯 번이라면, 생각보다 많은 사람들이 스토킹으로 피해를 입고 있으며 생각보다 해결이 안 되고 있다는 소리이기도 했다.

"이건 방법이 없어. 그냥 모가지만 남기고 묻어 버려. 그 러고 보니 지리산에 요즘 곰 풀었다면서? 딱 좋네."

"그럴 수는 없고."

물론 최악의 경우 그 방법도 생각하지 않는 것은 아니다.

하지만 그건 노형진의 선택이 아니라 피해자인 유지영의 선택이어야 한다.

"일단 나한테 온 이상 최대한 합법적인 범위 내에서 처리해야지."

"뭐, 그렇게 말한다면야."

오광훈은 어깨를 으쓱했다.

"하지만 내 경험상 그거 소용없다."

그도 의뢰를 받으면 처음에는 좋게 경고하는 수준에서 그쳤다고 한다.

하지만 그렇게 해도 안 들어 처먹어서 조금 손보면, 도리어 경찰에 신고한다고 지랄한다는 것이다.

"그러니까 선택 사항이 없더라고."

적당히 손봐 주고 신고당하느니 차라리 진짜 반병신으로 만들어 놔야 떨어진다는 것을 경험으로 톡톡히 배웠다는 것이다.

"끄응⋯⋯."

"거기에다 말이야, 법에 대해서야 당연히 네가 잘 알겠지만 이 경우는 뭐로 할 건데? 사실 이건 법적인 편법이 통하는 게 아니잖아."

노형진은 사건을 해결할 때 법적인 지식을 동원해서 슬쩍 강력한 범죄와 엮어 버린다.

가령 군인들의 비리의 경우, 뇌물이나 단순 비리가 아니라 국가보안법상의 사보타주와 엮어서 처벌을 강하게 하는 것이 노형진의 방식이다.

"하지만 내가 알기로는 스토킹은 아예 해당되는 강력 처벌 조항이 없을걸."

어깨를 으쓱하는 오광훈.

노형진은 긴 한숨을 내쉬었다.

"너 의외로 공부 많이 했구나?"

"네가 몰라서 그렇지, 그런 게 의외로 우리 같은 어깨들에 게는 제법 짭짤한 수익원이야. 법으로는 절대 막을 수 없는 범죄거든. 오죽하면 멀쩡한 사람들이 경찰을 놔두고 깡패 새 끼들을 찾아오겠냐?"

"흠……."

하긴 다 그만두고 외국으로 도망치듯 유학 가는 사람도 있다 고 할 정도이니 그 피해가 얼마만큼인지는 상상도 못 할 것이다.

"기껏해야 할 수 있는 게 접근 금지 명령 정도이고, 그마 저도 안 지키면 그만 아냐?"

그걸 안 지키면 1천만 원 이하의 과태료 처분이다.

하지만 미쳐서 날뛰는 범인에게 그게 효과가 있을 리가 없다.

거기에다 신고가 들어가면 그날부터 더 미쳐 날뛰는 경우 도 많고 말이다.

미쳐 버린 스토커에게 살해당한 사람들이 접근 금지 명령 을 신청하지 않아서 죽은 것이 아니다.

"이건 너라고 해도 답이 없어."

오광훈은 고개를 흔들었다.

다른 거라면 노형진에게 밀리겠지만 스토킹과 관련된 거라면 그가 노형진보다 훨씬 경험이 많기 때문이다.

"글쎄다……."

노형진은 걱정스러운 얼굴로 말했다.

"다른 방법을 찾아볼 수 있다면 찾아봐야지."

"왜? 피해자들이 불쌍해서?"

"그것도 그거지만, 네가 말할 정도로 스토킹이 심각한 문제라면 이걸 해결할 수 있는 집단으로 피해자들이 몰릴 거 아냐? 그러면 그 돈이 어디로 가겠어?"

스토킹 피해자들은 그 미친놈들만 떼어 낼 수 있다면 아마 변호사 비용이 아깝다고 생각하진 않을 것이다.

"뭐, 그렇게 생각한다면 해 봐. 하지만 쉽지는 않을걸."

"쉽지는 않겠지."

노형진은 긴 한숨을 내쉬며 말했다.

"하지만 내 사건이 언제 쉬운 적이 있었냐?"

⚖️

가장 먼저 노형진은 박철신과 만나서 설득하려고 했다.

물론 가능성이 그다지 높지는 않지만 의외로 이야기가 통할지도 모르지 않나, 잘 설득하면?

더군다나 변호사라는 존재는 어찌 되었건 상대방에게 상

당한 부담감을 주는 것이 사실이다.

변호사를 선임했다는 것 자체가 법적인 과정을 각오했다는 뜻이기에 대부분의 경우는 상대방이 움츠러들기 마련이었다.

'대부분'은 말이다.

"사랑에 국경이 어디 있고 나이가 어디 있어!"

"사랑에는 국경이 없기는 하지만 그건 어디까지나 양쪽이 다 사랑할 때의 이야기입니다. 사랑에 국경은 없지만 인격은 있습니다."

"그래서? 유지영이 날 사랑하지 않는다는 거야?"

"당연하죠. 유지영 씨는 교제하는 분이 따로 계십니다."

정상적인 경우라면 이쯤 말하면 포기하기 마련이다.

자신이라는 존재가 상대방에게 그 정도로 부담이 된다는 걸 깨닫기 때문이다.

하지만 그건 어디까지나 정상적인 경우에 한한다.

"내가 나이가 많다는 게 죄야? 어? 나이가 많은 게 죄냐고! 내 나이가 어때서? 〈사랑하기 딱 좋은 나이〉라는 노래도 몰라?"

"그게 문제가 아니지 않습니까?"

사랑이라는 감정은 결국 서로 주고받는 것이지 한쪽이 일방적으로 강요한다고 되는 것이 아니다.

물론 구애야 할 수 있다.

그건 정상적인 과정이고, 대부분의 남녀 관계는 남자가 대시하고 여자가 받아들이는 형태이기는 하다.

하지만 그것도 정도라는 것이 있는 법이다.

"물론 무슨 생각인지 압니다. 하지만 그렇다고 해서 어린 아가씨에게 감정을 강요하는 것은 현명한 방식은 아닙니다."

"네가 사랑에 대해 뭘 알아? 이렇게 가슴 아픈 것에 대해 뭘 아느냐고."

'얼씨구?'

노형진은 머리를 절레절레 흔들었다.

사실 이런 경우는 누구의 잘못이라기보다는 결국 감정의 문제이기에 최대한 좋게 해결하고 싶었다.

하지만 박철신은 전혀 말이 통하지 않았다.

'전형적인 스토커들의 반응이군.'

스토커들은 대다수 상대방의 말을 듣지 않는다.

아니, 들을 생각이 없다.

'전형적인 자기애, 그리고 파괴 성향, 타인에 대한 지독한 독점욕과 지배욕.'

어쩌면 스토킹이라는 범죄는 사이코패스와 마찬가지로 정신적 질환인지도 모른다.

대부분의 스토커들은 과도할 정도로 자기애가 강하다.

쉽게 말해서 남에 대해 전혀 관심이 없고 오로지 자기 자신만 중요하다는 것이다.

'과거에는 그나마 덜했는데 말이지.'

농경시대에는 스토커라는 존재가 그렇게 드러나지 않았다.

그럴 수밖에 없는 게, 그 시대는 남에게 밉보이면 살아남을 수가 없던 때니까.

하지만 현대에는 오로지 성적과 결과만 우선시되면서 최소한의 인격교육도 무시당했고, 가장 중요한 것은 자신이라고 가르쳤다. 무한 경쟁 시대니까.

'그리고 그게 삐뚤어진 자기애를 가지게 만드는 가장 큰 이유였지.'

그렇게 극심한 자기애를 가진 사람은 남의 감정이나 사정에 대해 무심해진다.

그리고 그러한 사람을 교제 상대로 선택하는 사람은 없다.

그렇다 보니 더욱 외로워지고 집착이 심해진다.

거기에다 자신은 세상에서 왕따당한다는 일종의 피해망상까지 가지게 된다.

그리고 그게 점점 스토커 기질을 발달시킨다, 남이야 어떻건 상관없이 오로지 자신의 욕심만 채우는 방식으로.

'결국 최후통첩이 되겠구먼.'

노형진은 고개를 흔들며 박철신에게 말했다.

"박철신 씨, 더 이상 접근하면 저희는 법적인 모든 방식을 취할 수밖에 없습니다. 안 되는 건 안 되는 겁니다."

"웃기는 소리! 골키퍼 있다고 골이 안 들어가?"

"아니, 그러니까 이건 골키퍼 문제가 아니라고요! 유지영 씨는 사람입니다! 감정을 가진 사람이지, 그 자리에 생각 없이 서 있는 골목이 아닙니다!"

"너야말로 내 사랑을 막을 생각 하지 마! 내 사랑을 막을 수 있는 건 죽음밖에 없어! 나와 유지영은 서로 사랑하는 사이야! 우리를 갈라놓을 수 있는 건 죽음뿐이야."

노형진은 그 말을 들으면서 왠지 등골이 서늘해지는 듯했다.

제대로 미친 놈. 이놈이 그냥 쉽게 끝낼 것 같지는 않았다.

⚖

"아무래도 회사를 그만둬야겠어요."

며칠 후 노형진을 찾아온 유지영은 입술을 깨물며 말했다.

"무슨 일이 있었습니까?"

"박철신 그 개새끼가 저를 죽이려고 작정했나 봐요."

"죽이려고 작정했다고요?"

"네."

회사에서 자신만 보면 못 잡아먹어서 안달이라고 한다.

사소한 잘못도 불러다가 몇 시간을 괴롭히고, 오타 하나 때문에 서류 전체를 다시 작업해 오라고 하는 건 보통이다.

뭐라고 할 게 없으면 심지어 커피 심부름을 시키고, 온도가 마음에 안 든다고 30분 넘게 다른 직원들 앞에서 모욕을 하고 괴롭혔다는 것이다.

"그것도 힘든데……. 이거 보세요."

그녀는 자신의 핸드폰을 내밀었다.

그걸 받아 들고 읽던 노형진은 갑자기 소름이 돋았다.

—사랑하는 울 애기. 내가 사랑해서 그러는 거 알지?

—내가 널 키워 주려고 그러는 거야. 내 맘 알잖아?

—일은 제대로 배워야지. 그래야 우리가 같이 살지.

—왜 대답 안 해, 울 자기?

—대답 안 하냐?

—미쳤냐? 너 지금 죽고 싶냐?

그리고 부재 중 통화 목록에 잔뜩 찍혀 있는 '개자식'이라
는 닉네임.

이 개자식이 누구인지 알아채는 것은 어려운 일이 아니었다.

"이거 제대로 미쳤군요."

노형진은 질려 버렸다는 표정이 되었다.

정상적인 관계라면 절대 보낼 수 없는 말들.

그리고 그 안에 가득한 음담패설들.

"불안해서 못 다니겠어요, 이대로는……."

"흠……."

노형진은 눈을 찌푸렸다.

정상적인 상황은 아니다.

하지만 직접 처리하기에는, 그가 스토킹에 대해 아는 게

너무나 적다.

애초에 스토킹은 큰 사건으로 취급되지 않았으니까.

회귀 전에도 그래서 그에게 스토킹 사건이 배정된 적은 없었다. 지금이야 사건의 규모가 아니라 사건의 난이도를 기준으로 판단해서 배정하기에 자신에게 오지만.

"이건 제가 아무래도 전문가와 상담을 해 봐야겠네요."

"전문가가 있어요?"

"네, 이런 쪽으로 전문가가 있습니다. 그분과 이야기해 보고 진지하게 해결책을 찾아보겠습니다."

⚖️

"이건 심각하고 위험한 증상이에요."

범죄에 관한 한 프로파일러들만큼 잘 아는 사람은 없다.

범죄자들의 일반적인 정신세계를 읽어 내는 것이 그들의 주특기다.

"제가 봐도 위험해 보여서 온 겁니다. 어떻게 보이십니까?"

김소라는 노형진이 출력해 온 문자 내역을 보면서 고개를 흔들었다.

"전형적인 위험 과정을 거치고 있어요. 집착과 애정 갈구, 그리고 위계와 위력 행사, 거기에다 파괴 확증까지."

처음에는 사귀어 달라고 하지만 나중에는 위계와 위력으

로 붙잡아 두려고 한다.

사실 여기까지만 해도 위험한데, 더 위험한 건 파괴 확증이다.

"파괴 확증 단계까지 가면 애정이 미움으로 변하기 시작하지요."

"애정이 미움으로 변한다고요?"

"그런 말이 있잖아요, 애정과 증오 사이는 종이 한 장 차이라는. 무조건적인 애정이 없는 건 아니지만 그건 보통 부모 자식 간에 나타나는 현상이지, 이런 미친놈은 그런 게 없어요. 도리어 이런 미친놈은 자식을 낳아도 부모 자식 간의 무조건적 애정이 잘 안 나타나요."

스토커의 애정의 대상은 그에게 보답을 해야 하며 그에게 속한, 스토커가 관리해야 할 수 있는 대상이어야 한다.

"그리고 이런 놈들은 이런 경우, 그러니까 자신이 거절당하는 상황을 자신에 대한 공격 행위로 판단해요. 그리고 눈이 돌아가 버리죠."

"눈이 돌아가 버린다……."

"스토킹을 하는 많은 미친놈들이 살인을 하는 단계가 이 단계예요."

상대가 자신의 마음을 받아 주지 않는 상황에서, 감정을 통제하지 못한다.

그리고 그걸 자신에 대한 공격으로 판단한다.

문제는 감정적인 고통은 육체적 고통보다 훨씬 아프다는 것이다.

"당연하게도 공격 방식도 상당히 강해지죠."

"그러다가 끝까지 그 분노가 안 풀리면……."

"그때는 진짜로 칼 들고 찾아가서 찌르는 거죠."

"하지만 이야기를 들어 보니 전에도 그러한 행동을 하다가 멈췄다고 하던데요."

지금까지 박철신이 좋다고 따라다닌 것은 유지영뿐만이 아니다. 어찌 되었건 다른 여자들도 여럿 따라다니다 그들이 회사를 그만두자 멈추기도 했다.

만일 계속 스토킹을 했다면 그 자리에 있지도 못했을 것이다.

"회사를 그만두면 멈출까요?"

"회사를 그만두신대요?"

"그것도 감안하고 있다고 하더군요."

"흠……."

김소라는 잠깐 고민하다가 고개를 흔들었다.

"그건 명확한 해결책이 아니에요."

"해결책이 아니라고요?"

"이건 일종의 투영이거든요."

지금 이 사람에게는 거절당했지만 그래도 나중에 더 좋은 사람을 만날 수 있을 거라고 생각하는 게 보통 사람들이다.

"하지만 이런 미친놈들은 그렇게 생각하지 않아요."

전에 자신을 거절한 사람들을 여전히 미워하고, 그들을 동일시하고 그들에 대한 분노를 쌓아 둔다.

"스토커들이 처음부터 그런 식으로 살인했으면 스토킹 범죄가 그렇게 가볍게 처벌받을 리가 없죠. 문제는 그게 한계치에 다다랐을 때예요."

더 이상 자신을 받아 주는 사람은 없다.

이게 다 자신을 거절한 전 여자들 때문이라고 자포자기하면서 붕괴되는 순간, 스토커는 돌변한다.

"물론 지금 상황에서 그만둔다면 확실히 따라오지 않을 가능성은 존재하죠. 하지만 그건 어디까지나 '폭탄 돌리기'에 지나지 않아요."

폭탄 돌리기.

그러니까 이 미친놈이 지금 유지영을 죽이지 않는다고 해도, 나중에 다른 사람을 죽이거나 다른 범죄를 저지를 가능성이 아주 높다고 봐야 한다.

"제가 사람에 대해 이렇게 확신하는 경우는 드물지만……."

김소라는 잠깐 입술을 깨물었다가 말했다.

"이 인간, 언젠가는 사람을 죽일 거예요. 확실히 말이죠."

그 말에 노형진의 얼굴은 사정없이 찡그러질 수밖에 없었다.

다음 권으로 이어집니다

무림초보 천마 만들기

쥬레이 신무협 장편소설

무공을 1도 모르는 무림 초보도 천마가 될 수 있다!
킹메이커를 뛰어넘는 천마 메이커!

신상 무협 게임에 접속하려다 정신을 잃은 서정후
느닷없이 무림에 떨어진 데다 뇌옥에 갇힌 채 눈을 뜨는데⋯⋯

> 당신도 될 수 있다, 최강의 천마!
> 목표를 이루실 수 있도록 돕겠습니다.
> '무림 초보! 천마로 만들기!' 지금 시작합니다.

새로운 세계에 적응하기도 전에 나타난 수상한 홀로그램 창은
하루하루 밥 벌어먹기도 힘든데 천마가 되라고 한다?

가진 것 하나 없이 밑바닥에서부터 기어오르는
근본 없는 놈의 대반전 천마 도전기!

회귀자를 건드리면 벌어지는 일

이해날 퓨전 판타지 장편소설

복수력 MAX! 통수력 MAX!
판타지에서도 이해날의 대유잼은 계속된다!
『회귀자를 건드리면 벌어지는 일』

인류의 존망을 걸고 이계와 싸우다
배신당하고 과거로 돌아간 유성현
유폐된 신 지르힐과 계약하고
자신이 예언 속 인물임을 알게 되는데……

"그와 계약한 존재는 전지전능해진다고 하지.
그 힘을 취하기 위한 전쟁이 일어난다면,
넌 어떻게 할 생각인가?"

힘을 탐내는 존재들을 죽이고 이용해
인간을 초월하지만
그가 바라는 것은 오직 인류의 승리뿐!

무량대수의 미래, 그중 단 하나의 가능성을 찾아라!
두 개의 세상이 격변하는 통쾌한 반전이 시작된다!